Ilse Gräfin von Bredow

Willst du glücklich sein im Leben…

SERIE PIPER

Zu diesem Buch

»Mit Nora wollte ich eine Frau meiner Generation zu Wort kommen lassen, wie es viele gibt: unbekümmert und unsentimental, selbstironisch und ein wenig naiv, immer bereit, sich am eigenen Schopf aus dem Sumpf zu ziehen.« Genau das hat Nora ihr Leben lang getan. Wie viele andere Frauen ist sie zur falschen Zeit jung gewesen und wird zur falschen Zeit alt, wie eine der eindrucksvollen Gestalten in diesem Roman so treffend sagt. Denn der Krieg fiel auch in Noras Jugend – und was sie nach ihrem Ausscheiden aus dem Berufsleben an Rente erwartet, kann ihr nicht ohne weiteres ein geruhsames, sorgenfreies Alter sichern. Wir begleiten Nora auf ihrer turbulenten Suche nach einer Tätigkeit und erleben ihren unerschrockenen Mut und gesunden Menschenverstand, ihren Charme und ihren Humor, der sie sicher durch die Schatten- und Sonnenseiten des Lebens führt.

Ilse Gräfin von Bredow wurde 1922 in Teichenau / Schlesien geboren. Sie wuchs im Forsthaus von Lochow in der Märkischen Heide auf und besuchte später ein Internat. Während des Krieges war sie im Arbeitsdienst und mußte Kriegshilfsdienst leisten. Seit Anfang der fünfziger Jahre lebt Gräfin von Bredow als Journalistin in Hamburg.

Ilse Gräfin von Bredow

Willst du glücklich sein im Leben...

Geschichten von gestern – Geschichten von heute

Piper München Zürich

Die in diesem Buch geschilderten Menschen sind nicht identisch mit bestimmten lebenden oder verstorbenen Personen. Eventuelle Ähnlichkeiten wären rein zufällig.

Ungekürzte Taschenbuchausgabe
Piper Verlag GmbH, München
Dezember 1997

Umschlag: Büro Hamburg
Simone Leitenberger, Susanne Schmitt, Annette Hartwig
Umschlagabbildung: Karl Schmidt-Rottluff (»Küstensee«, 1935, © VG Bild-Kunst, Bonn 1997)
Foto Umschlagrückseite: Rondholz, Berlin
Satz: Ebner Ulm
Druck und Bindung: Clausen & Bosse, Leck
Printed in Germany ISBN 3-492-22438-5

Für Gertrud und Dietrich von Saldern

1

«Frau Lechow, können Sie mir vielleicht sagen, was ich damit soll?» Die Redakteurin hatte die Hand über die Telefonmuschel gelegt und schnippte Nora einen Brief quer über die Schreibtische, an denen sich die beiden Frauen gegenübersaßen. Ihre überhebliche Art brachte Nora wieder einmal in Harnisch. Was bildete sich diese Person eigentlich ein! Sie führte stundenlange Privatgespräche und überließ ihr die Arbeit. Im Augenblick schien sie wieder mal ihren Ehemann am Wickel zu haben. Der ehemalige Soziologiestudent suchte, wie er sich geschwollen ausdrückte, seine Selbstverwirklichung im familialen Bereich. Anscheinend hatte er Ärger mit der Waschmaschine. «Dann mußt du eben den Wartungsdienst anrufen, der Haushalt ist schließlich deine Sache – Liebes», hörte sie die Redakteurin ungehalten sagen.

Nora seufzte bei dem nicht enden wollenden Gespräch. Wie sollte sich da ein Mensch konzentrieren. Sie stand auf und ging zur Tür, nicht ohne auf dem Weg dorthin mit geübtem Griff das seit Stunden vor sich hindudelnde Radio abzuschalten. Noch ehe sich die Tür hinter ihr schloß, hatte die Stimme des Sängers sie wieder eingeholt.

Wirf nicht mit der Spieluhr nach mir! Nimm 'ne Vase, nimm 'nen Topf, wirf mir Goethe an den Kopf ... Was für schwachsinnige Texte!

Mißmutig wanderte Nora den grünen Veloursteppich entlang zum Waschraum – eine rundliche, mittelgroße, unauffällig angezogene Frau auf schlanken Beinen, das blonde Haar von weißen Strähnen durchzogen. Während sie sich die Hände wusch, betrachtete sie sich im Spiegel. Lachfältchen konnte man das kaum nennen. Dagegen war auch Lilos Geheimtip, eine Maske aus Kartoffelpüree, wirkungslos. Aber Wunder konnte man nicht erwarten. Im Januar wurde sie schließlich sechzig, also für Bundesbahn und Reiseveranstalter jedenfalls eine Seniorin. Verkäuferinnen, Busfahrer und Krankenschwestern scherten sich allerdings nicht um diese neumodische Bezeichnung. Für sie war man eine Oma und damit basta! Wenn der Körper so unverändert bliebe wie die Träume, dann könnte man es noch mit jedem jungen Ding aufnehmen.

Sie fuhr sich mit dem Kamm durchs Haar. Es kam ihr reichlich dünn vor. Sie hatte sich neulich bei ihrer Friseuse über ihre schlechtsitzende Frisur beklagt. «Das kommt so mit dem Alter», war die nüchterne Antwort gewesen. «Das Haar verliert halt an Spannkraft.»

Zwei Jahre war es nun schon wieder her, seitdem die Werbeagentur sie als Sekretärin für das Kundenblättchen einer Möbelfirma angestellt hatte. Wenige Monate später wurde der Rotstift angesetzt, und die Redaktion schrumpfte auf einen schlaksigen jungen Mann und sie zusammen. Der Redakteur war frisch geschieden und versuchte, mit Hilfe eines Psychotherapeuten herauszufinden, woran seine Ehe gescheitert sein könnte. Dazu war es nötig, noch einmal die frühkindliche Phase zu durchleben, wie er Nora ernsthaft auseinandersetzte. «Ich habe mir sogar ein Kinderbett angeschafft», sagte er etwas verlegen.

«Ein Kinderbett?» staunte Nora.

Der junge Mann gab zu, daß es nicht sehr bequem sei, aber was zähle, sei schließlich der Erfolg. Nora enthielt sich jeden Kommentars. Ihrer Generation war eine so herrliche Nabelschau nie vergönnt gewesen. Die Medizin, die sie schlucken mußten, hieß: «Reiß dich zusammen!»

Bald danach verließ der junge Mann die Redaktion, und ein älterer Redakteur trat an seine Stelle. Er war in allem das Gegenteil seines Vorgängers. Ein jovialer Herr mit Falstaff-Stimme und einem prächtigen Bauch, der es liebte, seine immer noch makellosen Zähne verstohlen in einem Taschenspiegelchen zu betrachten. Er sprach gern, wenn auch etwas verschlüsselt, von jenen großen Zeiten, da deutsche Frauen auf deutschen Straßen und im deutschen Heim nicht fürchten mußten, von Ausländern und ähnlichen kriminellen Elementen belästigt zu werden. Aber eines hatten beide Männer doch gemeinsam: Sie hielten sich möglichst wenig im Büro auf. Nora war's nur recht. Die Arbeit machte ihr Spaß, und ihre Selbständigkeit hatte sie auch. Fachkenntnisse waren nicht erforderlich. Ihre

Aufgaben hatte man ihr schnell beigebracht. Sie mußte nur Text und Bildunterschriften mit dem Grafiker abstimmen und mit dem Anzeigenvertreter verhandeln.

Und nun war ihr diese herrschsüchtige Frau mit den riesigen Ohrringen und dem schwarzen Stichelhaar vor die Nase gesetzt worden. Wahrscheinlich hätte die Redakteurin lieber jemand Gleichaltriges als Sekretärin zum Quatschen gehabt und nicht so ein «Grufti», wie ihre Altersklasse gern von den jungen Leuten bezeichnet wurde, das weder Interesse an Rockmusik noch an der Zubereitung einer indischen Reistafel zeigte.

Als Nora ins Büro zurückkehrte, war die Redakteurin gerade im Aufbruch. «Falls jemand nach mir fragen sollte, ich hab einen Termin.» Gib doch nicht so an, dachte Nora. Diese Termine kannte man – ein Essen von irgendeiner unbedeutenden Firma, die irgendein unbedeutendes Produkt neu auf den Markt gebracht hatte. Früher, als die Männer ihr diese Einladungen oft großzügig überließen, hatte sie allerdings etwas anders darüber gedacht. Immerhin, sie konnte vorzeitig Feierabend machen. Daß die Redakteurin noch einmal zurückkommen würde, war nicht anzunehmen.

Wie gewöhnlich war der Bus überfüllt. Der Fahrer, dem Aussehen und Akzent nach ein Spanier, hatte seinen südländischen Charme zu Haus gelassen und kommandierte herum wie ein preußischer Feldwebel. Trotz des Gedränges erwischte Nora einen Sitzplatz. Der Türke neben ihr war ganz euphorisch. «Ich – achtes Kind – Frau in Krankenhaus und geschriiien!» Er sah Nora von der Seite an. «Du noch arbeiten? Du noch keine Rente?»

Der ahnungslose Türke brachte Nora wieder etwas Unangenehmes in Erinnerung. Sie hatte für das nächste Jahr die Unterlagen für die Rente eingereicht, und sie wußte immer noch nicht, wie hoch sie sein würde. Schon längst hätte sie sich darum kümmern müssen, aber sie hatte das Ganze Jahr für Jahr vor sich hergeschoben, was teils ihrem Temperament entsprach, teils auch der Unlust, über das Altwerden nachzudenken. Erst in den letzten Monaten hatte sie sich um die nötigen Dokumente bemüht. Es war umständlich genug gewesen, die verlangten Bescheinigungen zusammenzukriegen. Mit jeder Zeugenaussage kam die Vergangenheit zurück. Krieg . . . Flucht . . . Nachkriegsjahre . . . die kurze Zeit mit Werner.

Anfang des Krieges, an ihrem zwanzigsten Geburtstag, hatten sie sich verlobt. Während er, wie es den Konventionen seines und ihres Elternhauses entsprach, bei ihrem Vater saß und mit der unbeholfenen Würde seiner zweiundzwanzig Jahre seine beruflichen Pläne nach dem Krieg ausbreitete, malte sie sich das Echo ihrer Freundinnen auf diesen «wichtigen Schritt im Leben einer Frau» aus und hoffte, daß ihre Mutter zwei Saphire für die Verlobungsringe herausrücken würde.

Sie betrachtete sich den Ring an ihrem Finger. Er hatte sich besser gehalten als sie.

Der Bus leerte sich allmählich. Als er die Brandmauer

mit der rätselhaften Aufschrift SOLIDARITÄT MIT MICKYMAUS passierte, drückte Nora auf den Halteknopf. Sie strebte durch die kleine Anlage dem Hochhaus zu, das wie ein hochkant aufgestellter Dominostein zwischen Reihenhäusern und Schrebergärten stand. Der späte Herbstnachmittag war milde. Alle Bänke waren besetzt. Ein ferngesteuerter Jeep kurvte um ihre Füße. Fast wäre sie darüber gestolpert.

Natürlich war schon wieder der Fahrstuhl kaputt. Nora stieg langsam die Treppe zum siebenten Stockwerk hinauf. Unterwegs begegnete sie einem jungen Mann, der in der obersten Etage wohnte.

«Da sieht man sich wenigstens mal. Fahrstühle haben so was Kommunikationsfeindliches», sagte er munter.

«Das erzählen Sie mal meinen Beinen!» Sie keuchte weiter.

Das Treppenhaus war mehr als renovierungsbedürftig. Wo sich irgend Platz bot, hatte man Kinderkarren und Fahrräder abgestellt. Im vierten Stock war eine ältere Frau gerade dabei, die Schwingtür zwischen Flur und Treppenhaus mit einer rosa Wäscheklammer festzustellen.

«Der Klammerklau war wohl mal wieder da», sagte Nora im Vorbeigehen. Früher hatte sich niemand darum gekümmert, ob diese Türen offen standen, und sie wurden eigentlich nur in sehr kalten Wintern geschlossen. Aber dann hatte das jemand von der Baupolizei beanstandet. Die Haken mußten entfernt werden, und weil das den Mietern nicht paßte, behalfen sie sich mit

Wäscheklammern, die sie unter die Türen schoben. Regelmäßig wurden die Klammern von der Hausverwaltung eingesammelt und ebenso regelmäßig wieder durch neue ersetzt.

Auf dem Flurteppich in ihrer Wohnung lagen einige Briefe, die der Briefträger durch den Türschlitz geworfen hatte. Sie hob sie auf und legte sie auf den Schreibtisch. Dann öffnete sie das Fenster, um den Essensgeruch hinauszulassen, der vom Hausflur hereingezogen war. Ihre Gedanken waren noch mit der Vergangenheit beschäftigt.

In der Verlobungszeit waren Werner und sie ganz wild aufeinander gewesen. Jede Möglichkeit hatten sie ausgenützt, um allein zu sein. Aber ihr Elternhaus, in dem er seine kurzen Fronturlaube verbringen durfte, bestand auf einmal nur noch aus knarrenden Treppenstufen und quietschenden Türen. Nachteulige Onkel und Tanten geisterten bis zum Morgengrauen durch die Korridore, tappten zum Klo und fragten beim kleinsten Geräusch: «Ist da wer?» Auch die freie Natur, auf die sie so große Hoffnungen gesetzt hatten, ließ sie im Stich. Bei jedem Besuch regnete es Blasen. So küßten sie sich im Keller zwischen Rotweinflaschen, im Pferdestall, im Holzschuppen und kuschelten sich in der Remise in das alte Coupé. Aber auch dort wurde ihnen die Stimmung verdorben. Der Kutscher riß die Tür auf. «Ich dachte, es sind die Ratten!»

«In vier Wochen werde ich auf einen Lehrgang geschickt», versprach ihr Werner. «Dann treffen wir uns in Berlin.» Sie wurde sich mit der Mutter über die Zahl der Hochzeitsgäste einig – hoffentlich war da nicht schon wieder Tanzverbot! – auch darüber, ob Tante Olga, die olle Bißgurke, eingeladen werden sollte. Aber dazu war es ja dann nicht mehr gekommen.

Fünf Jungen hatte sich Werner gewünscht, und sie hatte ihn angehimmelt und gesäuselt: «Aber *ein* Mädchen wirst du mir doch wenigstens gönnen.» Was wußten sie schon voneinander, außer daß ihre Körper sich mochten.

Nora erinnerte sich auch wieder an den Tag im Mai 44, an dem ihr Vater schwerverwundet, mit verwirrtem Geist aus Rußland zurückgekommen war. Das Arbeitsamt befreite sie von jeder Dienstverpflichtung und erlaubte, daß sie offiziell als Hausgehilfin daheim angemeldet wurde, damit die Mutter sich um den Kranken kümmern konnte. Trotzdem führte sie ein recht angenehmes Leben, was sie nur als gerecht empfand. Schließlich hatte sie für das Vaterland genug geopfert.

Dann mußten sie fliehen. Ihr Treckwagen wurde von Tieffliegern zusammengeschossen und die Pferde und die Mutter dabei getötet. Die Betäubung über das Unfaßbare war erst im Flüchtlingslager langsam von ihr gewichen. Aber für Trauer blieb keine Zeit. Sie mußte sehen, wie sie allein zurechtkam. Auf Mitleid konnte man nicht zählen. Ein Schicksal wie ihres galt damals als fast normal. Da bekam sie ganz andere Geschichten zu hören, wenn irgendwo Flüchtlinge zusammensaßen, und wenn sie es sich recht überlegte, hatte sie eigentlich noch Glück gehabt. Der Bauer, bei dem sie arbeitete, war nicht der schlechteste. Während sie Kartoffeln legte, Rüben verzog und der Bäuerin bei der großen Wäsche half, hütete der sechsjährige Bauernsohn ihren Vater. Sobald er sich von der Bank neben dem Kuhstall erhob und dem Hoftor zustrebte, führte ihn der Kleine fürsorglich zurück und befahl: «Opa, Platz!» Dann blitzte in dem verwirrten Geist manchmal so etwas wie Humor auf. Der Vater lächelte den Jungen an, machte «Wuff!» wie ein Hund und setzte sich gehorsam. «Brav, brav», lobte das Kind und verteidigte ihn gegen den Knecht, der grinsend aus dem Stall auftauchte: «Der ist bloß halb so doof wie du!»

Nora schloß das Fenster und wandte sich abrupt zum Schreibtisch, um die Post durchzusehen. Außer Drucksachen schien nichts dabeizusein. Fast hätte sie den Brief der Bundesversicherungsanstalt mit in den Papierkorb geworfen. Verdammte Computerschrift! Sie überflog die zweiseitige Erklärung und suchte nach einer Zahl mit der Angabe über die Höhe ihrer Rente. 630 Mark! Einen Augenblick saß sie ganz still. Sie hatte deutlich die Stimme der Büroputzfrau im Ohr, die 1958 aus der DDR gekommen war und zwei Jahre lang mit Mann und fünf Kindern in einer Zweizimmerwohnung hausen mußte. «Frau Lechow, ich sag's, wie's ist: Wir sind zur falschen Zeit jung gewesen und werden zur falschen Zeit alt!»

2

Der Rentenberater, dem Nora ein paar Tage darauf gegenübersaß, hörte sich ihre Klagen mit resignierter Freundlichkeit an. Seit mehr als fünfzehn Jahren versuchte er mit mäßigem Erfolg, begriffsstutzige Bürger in die Geheimnisse der Rentenberechnung einzuweihen und ihnen Begriffe wie «Bemessungsgrundlage» oder «verkürzte Halbbelegung» zu erklären.

«630? Da sind Sie doch noch gut dran. Ich hatte mal 'ne Frau, die bekam vier Mark neunzig. Damals lag der monatliche Mindestsatz noch bei fünf Mark. Den hat sie fünf Jahre lang geklebt.»

«Vier Mark neunzig?» Nora lachte und guckte ihn ungläubig an. «Was für ein Wahnsinn!»

«Sagen Sie das nicht. Dadurch hatte sie schon Anspruch auf Kuren und eine kostenlose Krankenversicherung.» Er nahm den Taschenrechner und beugte sich über Noras Berechnungsbogen.

Nora sah sich in dem schäbigen Büro um. Es war so winzig, daß man fast Platzangst bekommen konnte. Durch die dünne Trennwand drangen die Gespräche aus dem Nachbarzimmer. Die Büromöbel aus den fünfziger Jahren besaßen bereits Sammlerwert.

Der Beamte blickte auf: «Ich kann keinen Fehler finden. Durch eine Nachentrichtung hätte man zwar eine erhebliche Steigerung erzielen können, aber da hätten Sie eher kommen müssen. Die Frist dafür ist abgelaufen. Sie könnten ja bis dreiundsechzig arbeiten, aber viel bringt das auch nicht.»

«Bis dreiundsechzig? Bis ich umfalle!» sagte Nora in dramatischem Ton.

«Na, na, der Staat läßt schon keinen hungern. Wofür gibt's denn das soziale Netz?» Er erhob sich, um Nora zu verabschieden. «Mancher aus Ihrer Generation ist da schlechter dran.»

»Ich kenne aber jemand, der bekommt dreitausend Mark Rente und hat auch weiter nicht groß was geleistet», behauptete Nora.

«Tja, wenn's danach ginge . . .» Der Beamte blieb freundlich, aber sein rechtes Augenlid begann nervös zu zucken. Nora blieb ruhig sitzen.

«Ich dachte, die Rentenreform sollte mehr Gerechtigkeit bringen.»

«Gerechtigkeit?» Der Beamte lachte kurz. «Liebe Frau!» Damit endete das Gespräch.

Zu Noras Erstaunen zeigte sich die Redakteurin in der Werbeagentur von einer ganz neuen Seite. Sie hörte sich ihre Klage mitfühlend an, ließ entrüstet die Ohrringe wippen und war sofort bereit, sich beim Personalchef für Nora zu verwenden: «Die müssen Sie einfach länger behalten, Frau Lechow.»

«Sehr kameradschaftlich», sagte Nora gerührt und merkte im selben Augenblick, daß sie das falsche Wort gewählt hatte.

«Solidarität», wurde sie von der Redakteurin belehrt, «ist gerade für uns Frauen oberstes Gebot.» Aber bald danach kam diese niedergeschlagen von der Unterredung zurück.

«Stellen Sie sich vor, das Blatt wird eingestellt. Mir wird auch gekündigt.» Ein wenig tröstete sie sich über ihre eigene Misere hinweg, weil Noras Zukunftsaussichten noch unerfreulicher waren.

«630 Mark, eine Schande», entrüstete sie sich. «Das liegt ja noch unterm Bafög-Satz!»

«Na ja, ich gebe zu, daß ich meine zwanzig versicherungspflichtigen Jahre für das vorgezogene Altersruhegeld nur zusammenbekommen habe, weil schon zu Hause für mich geklebt wurde. Und in den ersten Jahren als Sekretärin habe ich nicht viel verdient.»

«Sie werden natürlich Wohngeld beantragen», sagte die Redakteurin. «Das ist das mindeste, was Ihnen zusteht. Das ist schließlich Ihr gutes Recht.»

In den folgenden Wochen waren sie ein Herz und eine Seele, und die Redakteurin vertraute Nora sogar an, daß sie es mit ihrem Karl-Heinz nicht immer leicht habe. Sie beugte sich zu Nora hinüber: «Ich glaube, wir brauchen mal wieder eine Beziehungsdebatte.» Sie sah Nora an: «An Ihrem Sechzigsten, da ist doch bestimmt der Bär los!»

Nora schüttelte den Kopf. «Wohl kaum», sagte sie

trocken. Sie mußte plötzlich an die Schwiegermutter ihrer Freundin Lilo denken, die schick und lebenslustig ihren Sechzigsten zu einem großen Familienfest gemacht hatte. Es war ein heiterer, harmonischer Tag gewesen, bis Lilos Mann auf die Idee kam, über die Zukunft seiner Mutter zu sprechen. «Mamchen, wir finden, du solltest dich langsam nach einem geeigneten Altersheim umsehen. Denk an dein Herz!»

Die Mutter war vom Kaffeetisch aufgesprungen und hatte ihn angeschrien: «Denk du lieber dran, endlich mal nicht mehr an deinen Nägeln zu pulen!» Sie setzte ihn damit so matt, daß er keinen Ton mehr herausbrachte.

Lilos Schwägerin kam ihrem Bruder zu Hilfe: «Aber Mami, er macht sich halt Gedanken.»

«Darum hat ihn niemand gebeten. Und du –» die Tochter bekam auch gleich ihr Fett weg – «solltest dir lieber die Haare vernünftig schneiden und nicht mit diesem albernen Zopf herumlaufen, als wärest du noch ein Backfisch und nicht schon dreißig!»

Lilo hatte ihr aufgeregt darüber berichtet. «Verstehst du das?»

Damals hatte Nora es nicht verstanden.

An ihrem letzten Arbeitstag gab es die übliche Abschiedsfeier. Ein Gedicht wurde vorgelesen, und die Redakteurin hielt eine rühmende Ansprache, über die Nora fast so gerührt war wie Tom Sawyer über die auf ihn gehaltene Grabrede, als man ihn in der Kirche für tot erklärte. Dann wurde ihr ein Kuvert überreicht. Hoffentlich kein Theaterabonnement! dachte Nora. Moderne Theateraufführungen mit viel nacktem Fleisch langweilten sie. Sie öffnete das Kuvert. Zum Vorschein kam ein Gutschein für einen Yoga-Kurs.

«Karl-Heinz ist auf die Idee gekommen», erklärte die Redakteurin stolz. «Er sagt, Yoga ist der einzige Weg zur Selbstbefreiung.»

Nora sah sich bereits in einen schwarzen Elastikanzug gezwängt, im Lotos-Sitz mühsam Balance haltend, auf dem Weg zum eigenen Ich. Es gelang ihr noch rechtzeitig, ihrem Auflachen den richtigen Ton von Dankbarkeit zu geben. Die Redakteurin verabschiedete sich herzlich.

«Lassen Sie sich bald mal wieder sehen», sagte sie zu Nora. «Und vergessen Sie nicht, das Wohngeld zu beantragen!»

Versuchen kann ich's ja, dachte Nora.

Eine Woche später begab sie sich zum Bezirksamt. Sie hatte ihre Brille vergessen und beäugte auf der Suche nach der Dienststelle für das Wohngeld kurzsichtig die angebrachten Türschildchen mit den Namen der Sachbearbeiter, mißtrauisch von den Wartenden beobachtet, die den tunnelartigen düsteren Flur bevölkerten. Dabei stolperte sie fast über eine deutsche Dogge. Sie lag zu Füßen eines jüngeren Mannes in ausgetretenen Lederstiefeln und schlief. «Verzeihung», sagte Nora höflich zu dem Hund.

Der Besitzer lächelte gnädig und rückte beiseite: «Kann ja mal passieren. Zu wem wollen Sie denn?»

Nora setzte sich, um noch einmal in ihrer Handtasche nach der Brille zu suchen, und erklärte es ihm.

«Da sind Sie hier falsch. Die Abteilung für das Wohngeld befindet sich am unteren Ende. Das hier ist das Sozialamt.»

«Und es geht immer der Reihe nach», mischte sich gereizt die Mutter eines Dreijährigen ein, der einen Hausschlüssel belutschte, als sei es Vanilleeis.

Der junge Mann und Nora kamen ins Gespräch, und sie verriet ihm die Höhe ihrer Rente.

«630 Mark! So sieht's in unserem Lande aus», sagte der junge Mann anklagend. «Die Verarmungstendenzen nehmen von Jahr zu Jahr zu.» Trotz dieser eher traurigen Feststellung schien ihn Noras Fall geradezu freudig zu erregen. «630 Mark», wiederholte er und zog ein kleines Heftchen aus der Tasche, «da haben Sie nicht nur Anspruch auf Wohngeld, da müßte auch auf dem Sozialamt etwas für Sie herauszuholen sein. Man muß Ihnen schließlich die Führung eines Lebens zubilligen, das der Würde eines Menschen entspricht. Paragraph I des Bundessozialhilfegesetzes.»

«Sie kennen sich ja sehr gut aus», sagte Nora. «Aber was hat meine Würde mit dem Einkommen zu tun?»

Der junge Mann sah sie an, als wollte er sagen:

Muttchen, du hast ja keine Ahnung! Dann nannte er ihr seinen Beruf. «Sozialpädagoge.»

«Dann sind Sie wohl aus beruflichen Gründen hier?» sagte Nora.

Er schüttelte den Kopf. «Ich bin seit dem Studium arbeitslos; krank war ich zwischendurch auch. Aber lassen wir das, sehen wir mal lieber, was bei Ihnen herausspringen könnte.» Er ließ sich von Nora die Höhe der Miete, das Baujahr ihres Hochhauses und die Quadratmeterzahl der Wohnung nennen und tippte die Zahlen in einen Taschenrechner. «Wußt' ich's doch!» Er blickte sie triumphierend an. «Außer dem Wohngeld haben Sie noch Anspruch auf rund 20 Mark Sozialhilfe. Dazu kommen dann noch die Hilfen in besonderen Lebenslagen, die Sie beantragen können. Für die Teilnahme am kulturellen Leben stehen Ihnen außerdem sechs Straßenbahnfahrten, ein Zeitungsabonnement und eine Kino- und Theaterkarte zur Verfügung. Ihr Konto müssen Sie natürlich vorher räumen. Mehr als 2000 DM Erspartes ist nicht drin. Es sei denn, Sie besäßen ein Haus. Das ist wiederum geschütztes Vermögen im Sinne des Sozialhilfegesetzes und somit nicht anrechenbar.» Er blätterte wieder in seiner Broschüre wie in einem Kursbuch.

«Haben Sie Zucker?»

«Nein.» Nora wunderte sich allmählich über nichts mehr. Sie bedankte sich für die Auskünfte und machte, daß sie wegkam. «Geschenke werden Ihnen auch bezahlt!» rief ihr der Sozialpädagoge nach. «3 Mark 25 im Monat!»

Nach diesem verwirrenden Gespräch fühlte sich Nora außerstande, auch noch die Wohngeldstelle aufzusuchen. In ihrer Wohnung mußte sie sich erst einmal mit einer Tasse Tee beruhigen. Sie beschloß, vorläufig auf das Wohngeld zu verzichten. Überhaupt auf jede Art staatlicher Hilfe. Eine kleine Reserve besaß sie ja noch, obwohl vom Lastenausgleich nicht viel übriggeblieben war, denn sie hatte ihn sich mit zwei Schwestern ihres Vaters teilen müssen. Lieber wollte sie sich nach einer neuen Beschäftigung umsehen. Ihre Generation war da weniger wählerisch als die Jungen.

Trotz dieser Überlegungen beklagte Nora sich bei Lilo über ihre schlechten Finanzen, als ihre Freundin sie abends besuchte.

«Fang bloß nicht wieder damit an!» Lilo wurde allmählich ärgerlich.

«Schließlich ist das mein Hauptproblem», sagte Nora gekränkt.

«Dann such dir eben eine neue Arbeit», sagte Lilo gereizt.

Nora versicherte, Stellenangebote wären ihre Lieblingslektüre. Die Freundin blickte skeptisch. «Bei deinem Phlegma?»

«Hier, bitte!» Sie kramte einen Zeitungsausschnitt aus der Handtasche und las ihn vor: «*Wo ist die Frau, die mir, Olivetti BCS 2025, drei Monate alt, das Laufen beibringt?* – Glaubst du, daß ich geeignet bin, den Herzenswunsch dieses Computers zu erfüllen?«

«Laß doch den Quatsch», sagte Lilo, «es wird sich bestimmt was Vernünftiges finden lassen.»

«Mit sechzig? Bei der Situation auf dem Arbeitsmarkt? Du hast mal wieder keine Ahnung. In deiner Lage durchaus begreiflich.»

Die wohlhabende Lilo fühlte sich angegriffen. Opferte sie sich für ihre Freunde nicht geradezu auf und sorgte dafür, daß die Kontakte nie abrissen? War es ihre Schuld, daß sie übers Geld nicht viel nachzudenken brauchte? Ihr Ehemann, der gute Fritz, hatte ihr reichlich genug davon hinterlassen. Aber auch sie als Witwe hatte ihre Sorgen. Aus einer eher lässigen Mutter war eine fanatische Großmutter geworden, vorausgesetzt, die Schwiegertöchter geruhten, ihr die Kinder zu überlassen. So hatte sie jetzt gerade ihre kleine Enkelin Melle zu Besuch.

«Man traut sich ja kaum, anständig essen zu gehen, wenn man dich so jammern hört», sagte sie zu Nora.

Sie trennten sich ein wenig verstimmt.

Nora und Lilo waren Schulfreundinnen. In der Kreisstadt hatten beide zunächst das Lyzeum besucht und anschließend eine Frauenfachschule in der Nähe von Berlin. Während sich Noras Eltern um die Garderobe ihrer Tochter wenig den Kopf zerbrachen, aus Sparsamkeitsgründen ihre Ada-Ada-Schuhe grundsätzlich eine Nummer zu groß kauften und mehrfach gestopfte Strümpfe keineswegs als Makel ansahen, gaben sich

Lilos Eltern Mühe, ihre Tochter bereits mit vierzehn hübsch herauszuputzen. Auch besaß Lilo im Gegensatz zu Nora ein richtiges Jungmädchenzimmer mit viel Tüll an den Fenstern, einer Frisierkommode und einer silbernen Toilettengarnitur mit Monogramm. Trotzdem war das Apothekerstöchterchen Lilo eines der nettesten, wenn auch ziemlich herrschsüchtigen Mädchen aus der Klasse. Sie bemutterte die etwas dösige Nora und half ihr oft bei den Schularbeiten.

Mit Lilos quakiger Mutter, die damals noch lebte, und dem unzufriedenen Vater, der daran litt, nur Apotheker und nicht Arzt geworden zu sein, wußte Nora wenig anzufangen. Lilo kam auch viel lieber zu den Lechows. Dort ging es sehr ungezwungen und gemütlich zu, und es war immer viel Betrieb. Die Freundinnen teilten alle ihre Mädchengeheimnisse, und ein runtergezogener Mundwinkel, eine abwertende Handbewegung konnten ihnen die Verehrer schneller vermiesen als jedes Gerede der Eltern. Glücklicherweise hatte Werner vor Lilos Augen Gnade gefunden. «Könnte mir auch gefallen», war ihr knapper Kommentar gewesen.

Nach dem Krieg, als Noras Vater gestorben war und sie nicht mehr in dem Dorf bleiben wollte, hatte ihr Lilo vorgeschlagen, doch in ihre Stadt zu ziehen und sich in Abendkursen zur Sekretärin ausbilden zu lassen. Die erste Zeit wohnte sie bei Lilo, bis sie ein Zimmer bei einem pensionierten Justizwachtmeister fand. Er hielt auf Sitte und Anstand und ließ sie gern an seinem reichen «Erfahrungsschatz aus den Gerichtssälen» teilhaben: «Ich weiß mehr, als in den Zeitungen gestanden hat.» Als weiterer Schritt zur «besseren Lebensqualität» folgte dann der Raum mit Notküche und eigenem WC hinter einem Sarggeschäft. In der ersten Zeit graulte sie sich, noch zu später Stunde an Särgen und Marmorengeln vorbei zu müssen. Sie gewöhnte sich jedoch schnell daran und wandelte sogar, wenn sie nicht schlafen konnte, im Nachthemd im Verkaufsraum herum, was die Passanten erschreckte.

Nora war nach ihrer Pensionierung weniger unglücklich, als sie vorgab. Sie langweilte sich kein bißchen, genoß ihren veränderten Tagesablauf und endlich ihre Wohnung. Sie gewöhnte es sich an, bis tief in den Vormittag im Bademantel herumzutrödeln, und hatte plötzlich volles Verständnis für die jungen Leute, die bis mittags in den Betten lagen. Sie stellte sich den Fernseher an und kroch wieder auf die Bettcouch zurück.

Ganz aus dem Häuschen war sie vor fünfzehn Jahren gewesen, als es endlich mit der Wohnung geklappt hatte, und das auch nur, weil Lilos Fritz über Beziehungen zu der Wohnungsgesellschaft verfügte. Die ersten eigenen vier Wände und ein richtiges Bad! Keine Verrenkungen mehr an seifennapfgroßen Waschbecken. Sie brauchte nun nicht zum Baden und Wäschewaschen zu Lilo zu gehen. Das Hochhaus besaß einen Trockenraum und eine gemeinschaftliche Waschmaschine, die aber inzwischen niemand mehr benutzte.

Nora erhob sich, um den Fernseher leiser zu stellen,

da klingelte es an der Wohnungstür. «Mach auf, ich bin's!» rief Lilo. Sie ließ die Freundin herein. «Du siehst fern, um diese Tageszeit? Bist du krank?» fragte Lilo vorwurfsvoll.

Nora schüttelte lachend den Kopf. «Ich warte auf den Rentnerschock, der soll doch unabwendbar sein, wenn man aus dem Berufsleben ausscheidet.»

Aber Lilo hörte nur halb zu. Sie sah interessiert auf den Schauspieler Michel Piccoli, der sie gerade vom Bildschirm lasterhaft anblickte. Nora streckte die Hand nach dem Fernseher aus.

«Laß doch mal!» sagte Lilo. Aber da war Piccoli schon ausgelöscht. Sie sah sich kritisch im Zimmer um. «Du brauchst unbedingt einen neuen Teppich! Diese Wellen in der Auslegware sind ja fürchterlich!»

«Du bist bestimmt nicht hergekommen, um darüber mit mir zu sprechen», sagte Nora.

«Natürlich nicht. Ich hab eine Beschäftigung für dich. Inge Ahlert, du weißt, Fritzens Kusine in München, sucht dringend jemand, der sie in ihrer Geschenkboutique für einige Wochen vertritt, solange sie in Kanada ist.»

Nora erschrak. «Wie kommst du auf die Idee, daß ich mich als Verkäuferin eigne? Ich kann doch kaum echtes Silber von plattiertem unterscheiden!»

«Verkaufen sollst du auch nicht. Dafür hat sie eine tüchtige junge Person. Nur eben ein Auge auf alles haben. Und dich um die Buchführung kümmern.»

«Das kann ich erst recht nicht», sagte Nora, die von

Lilos Plan nicht gerade begeistert war, sich aber wie üblich ihrer energischen Freundin nicht gewachsen fühlte.

«Aber dich über mein armes Kurtchen aufregen, weil er nach dem Staatsexamen nicht gleich die erste beste Stellung angenommen hat, das konntest du!»

Da hatte sie sich ja was Schönes eingebrockt! Nora rannte kopflos im Zimmer herum. «Ich laß mich nicht von dir beschwatzen. Schon als Kind . . .»

«Schon als Kind», nahm Lilo das hundertmal gegebene Stichwort auf, «hab ich dich verleitet, mit Khasana-Lippenstift kußecht im Konfirmandenunterricht den Vikar zu irritieren und auch den Dienst im BDM zu schwänzen, so daß wir vier Wochen lang ohne Halstuch und Knoten hinter den anderen herlatschen mußten –»

«Singend», unterbrach Nora.

«Singend», bestätigte Lilo. «*Und die Morgenfrühe, das ist unsere Zeit* – ein sehr passender Vers für dich, weil du damals schon zum Ärger deines Vaters nie aus dem Bett finden konntest.»

«Darauf wollte ich gar nicht hinaus», verwahrte sich Nora lachend. «Ich wollte sagen –»

«Halt es fest, was immer es war, und sag mir jetzt gleich, zu was du dich entschlossen hast. Ich muß Inge Ahlert heute abend anrufen.»

«Meinetwegen», sagte Nora, die schon halb kapituliert hatte. «Ich kann's ja versuchen.»

«Das ist die richtige Einstellung», lobte Lilo. Gleichzeitig betrachtete sie angewidert das Nachthemd ihrer Freundin. «Wo kaufst du nur so was Grauenhaftes?»

Dann ging alles sehr schnell. Frau Ahlert hatte sich hocherfreut über Noras Zusage gezeigt. Sie werde nicht auf den Pfennig sehen. Den Flug nach München übernehme sie natürlich auch, und wohnen könne Nora in ihrem Appartement, das liege fast um die Ecke.

«Ich bring dich zum Flughafen», versprach Lilo.

Als Nora mit den Koffern herunterkam, entdeckte sie auf dem Hintersitz des Autos eine kleine Gestalt.

«Es macht dir hoffentlich nichts aus, Melle mitzunehmen», sagte Lilo, ein bißchen verlegen. «Kurtchen hat vorgestern angerufen. Ich hatte gehofft, das Kind würde noch bei mir bleiben. Aber sie will unbedingt zurück zu den Eltern.»

«Und warum sagst du mir das erst jetzt?» rief Nora.

«Ich wollte dir nicht den Nachtschlaf rauben», sagte Lilo in schöner Ehrlichkeit.

«Wie rücksichtsvoll von dir!» Nora knallte wütend die Wagentür zu.

3

Es gelang Nora, für Lilos Enkelin einen Fensterplatz zu ergattern. Das Flugzeug gewann an Höhe und ließ die Wolkenbänke unter sich. Melle preßte ihre Nase gegen das Kabinenfenster. «Sind wir jetzt im Himmel? Wo sind denn nun die Toten? Und Engel gibt's hier auch keine.»

«Vielleicht sind sie gerade beim Mittagessen», murmelte Nora.

Die Kleine machte ein verächtliches Gesicht. «Depperte Krampfhenne!»

Nora sah sich geniert um. «So was sagt man nicht.»

«Wofür gibt's denn so 'ne Wörter?» Die vierjährige Melle zog eine Schippe.

Recht hat sie, dachte Nora. Sie holte ein Märchenbuch aus dem Handgepäck und begann halblaut daraus vorzulesen. Der Rest des Fluges verlief friedlich und ohne Kraftausdrücke. Das Flugzeug setzte zur Landung an. Die widerstrebende Melle hinter sich herziehend, die unbedingt noch in einen Ascher in der Flughafenhalle spucken wollte, ging Nora zum Ausgang. Melles Vater erwartete sie bereits. Das Kind lief auf ihn zu und umklammerte ihn theatralisch mit einem Seitenblick auf Nora. «Mach nicht ein so grimmiges Gesicht, Kurtchen», sagte Nora zu ihrem Patensohn. «Ich hab ihr nicht den kleinsten Klaps gegeben, obwohl sie es einmal wirklich verdient hätte.»

«Du kennst Melle nicht genug. Sie ist ein so phantasievolles kleines Geschöpf.» Er streichelte gerührt sein Wunderkind.

«Das bestreitet ja niemand», sagte Nora. «Wie wär's, wenn du mir jetzt den Koffer abnehmen würdest.»

Sie stiegen in sein Auto und fuhren los. «Sieh mal da, der Friedensengel», erklärte Kurt während der Fahrt in die Stadt. «Und nachher kommen gleich die Türme der Frauenkirche.» Er lebte erst seit einem halben Jahr in München. Aber er tat, als hätte er die Stadt miterbaut.

Für Nora war eine Großstadt wie die andere. Sie zeigte geradezu ein beleidigendes Desinteresse für lokale Sehenswürdigkeiten. Frauenkirche, Nymphenburg, Englischer Garten, Leopoldstraße – damit waren ihre Kenntnisse über die bayerische Hauptstadt fast erschöpft. Sie war auch zu müde, um aus Höflichkeit Enthusiasmus vorzutäuschen. Und außerdem hatte sie Lampenfieber.

Die «Geschenktruhe», wie das Lädchen sich nannte, lag in einer Seitenstraße, nicht weit vom Hauptbahnhof. Während Melle an ihrem «Gugu», einer jeder Hygiene spottenden schwärzlichen Windel, nuckelnd im Wagen sitzenblieb, begleitete Kurtchen Nora zu dem Laden. Die Tür öffnete sich, und ein wundersames Geschöpf kam auf sie zu. Ihr Haar war von grünen, rosa und gelben Strähnen durchzogen, und über engen schwarzen Lederhosen trug sie selbstgestrickte knallbunte Ringelstrümpfe, die bis weit zu den Knien reichten. Ihre Fingernägel hatte sie schwarz lackiert, und auf dem T-Shirt prangte ihr eigenes Konterfei. Kurtchen stand wie angewurzelt, den Koffer in der Hand. Das Geschöpf tat den Mund auf und redete Nora an. «San S' unsere Neue? Ich bin die Lisa. Kommen S' herein.»

Im Laden, einem mit Ware vollgestopften Schlauch, wurde Nora von der Besitzerin in Empfang genommen, die sie mit nervöser Herzlichkeit begrüßte.

«Schön, daß Sie gekommen sind.»

Frau Ahlert sah, wie Nora die junge Verkäuferin anstaunte, die sich gerade einem Kunden zuwandte. Sie führte sie in das kleine Hinterstübchen, das ihr als Büro und Packraum diente, und bemerkte mit halblauter Stimme: «Kann keinen Stil vom anderen unterscheiden, aber sie ist eine Verkaufskanone. Weiß genau, wie sie jeden Kunden anpacken muß. Das ist angeboren, so was kann man nicht lernen.»

Sie bot Nora einen Stuhl an. «Neulich kam da ein Herr aus Wien. Na, dacht ich, was wird schon groß sein, irgendein Souvenir wird er halt kaufen wollen. Und dann hat sie ihm doch für sage und schreibe tausend Mark Sachen aufgeschwatzt! Zum Schluß noch ein Windlicht in Grün. Er wollte eins in Rot. ‹Wir haben auch sehr entzückende in Grün›, sagte die Kleine. ‹Nein›, sagte der Mann, ‹ich möcht ein rotes.› – ‹Aber ich darf Ihnen doch wenigstens mal ein grünes zeigen?› – ‹Meinetwegen›, sagt der Kunde und lacht. Sie saust in den Keller, holt von jeder Farbe zwei und sagt: ‹Schaun S', wie hübsch des zusammen ausschaut. Rot ist der Strand, grün ist das Land, das sind die Farben von Helgoland.› – ‹Sie sind ja eine richtige Verführerin›, sagt der Mann und kauft tatsächlich zwei von den Dingern.» Frau Ahlert senkte ihre Stimme noch mehr: «Dabei könnt ich wetten, sie weiß überhaupt nicht, was Helgoland ist.»

Dann zeigte sie auf den Schreibtisch. «Wenn Sie sich ein bißchen der Buchführung annehmen würden und auch den übrigen laufenden Schreibkram mit erledigen, wäre ich Ihnen sehr dankbar. Dann wäre noch hin und wieder Ware auszupacken und auszuzeichnen, und wenn viel zu tun ist, müßten Sie Lisa auch mal im Laden helfen. So, und jetzt zeige ich Ihnen, was wir so führen.»

Es war ein ziemlicher Krimskrams, den Nora zu sehen bekam; nur hier und da stand ein geschmackvolles Stück wie verirrt dazwischen. Unter versilberten Osterhasen, Bronzelöwen, Marmoraschern, Keramikgeschirr und Messingschirmständern entdeckte Nora eine grüne Figur, die vermutlich ein Pferd darstellen sollte. Mit seinem Senkrücken und den Stummelbeinen glich es eher einem mißratenen Warzenschwein.

«Ich weiß, ich weiß», seufzte Frau Ahlert. «Ich hab mir's in Italien beim Einkaufen aufschwatzen lassen. Wer es mir verkauft, bekommt eine Sonderprämie. Ich will es endlich los sein.»

Lisas Augen leuchteten gierig auf, als sie dies hörte. Frau Ahlert sah auf die Uhr. «Kommen Sie, Frau Lechow. Ich nehm Sie jetzt mit in meine Wohnung und zeig Ihnen, wo alles steht. Dann muß ich noch Koffer packen, denn meine Maschine fliegt heute abend.»

Die erste Nacht in der fremden Umgebung fand Nora wenig Schlaf. Das Bett war zu weich, und die Gardinen verdunkelten das Zimmer nur ungenügend. Sie war und blieb nun mal ein Gewohnheitstier, das am liebsten tagtäglich in seinen alten Stall trottete. Wahrscheinlich war sie ihrem Vater nachgeraten; der war auch nie von zu Hause wegzubekommen gewesen. Nur einmal hatte er sich von ihrer Mutter breitschlagen lassen, mit ihr nach Wien zu fahren. Doch in der Nacht vor der Abreise stand das Wirtschaftsgebäude in Flammen, und ihr Vater rief fast erleichtert: «Pack aus, die Scheune brennt!» Er behauptete, alles Unglück käme nur vom Reisen. Prophetische Worte, wenn man an die Flüchtlingsströme damals und jetzt dachte. Und ausgerechnet er hatte zusammen mit seiner Tochter nach dem Krieg ein so unruhiges Leben führen müssen. Sollte Nora jetzt wieder damit beginnen?

Sie wälzte sich unruhig im Bett hin und her. Hoffentlich würde sie mit diesem fast exotischen Geschöpf zurechtkommen.

Am nächsten Tag wurde Nora von Lisa in den Umgang mit den Kunden eingeweiht. Lisa bemühte sich zwar, hochdeutsch zu sprechen, verfiel aber zwischendurch immer wieder in ihr gewohntes Bayrisch.

«Also, so um die Mittagszeit, da kommen meist junge Frauen, die sich zu Haus langweilen. Mit denen is net viel los. Die lass'n sich alles zeigen und verschwinden wieder. Freitag geht's rund, da kommen sie alle von außerhalb in die Stadt. Und sonst geht's mal so, mal so. Sagen S' immer schön gnä' Frau, auch wenn's no so a damisches Weib is, so a geschnepftes. Da is es ihr peinlich, nix zu kaufen.» Sie schnaufte verächtlich. «Erst betens einem die ganze Wohnungseinrichtung vor, und am Ende kaufens a Zahnputzglas für zwoa Mark. Wenn eine sagt, des muß sie erst mit ihrem Mann besprechen, brauchen S' net die Tür aufhalten. Die kommt net wieder.» Lisa klebte ihren Kaugummi unter den Stuhl hinter der Kasse und stöckelte auf einen etwa Dreißigjährigen zu, der sich unsicher an seiner Pfeifentasche festhielt.

«Der Herr wünschen?»

«Ich suche etwas Ausgefallenes für meinen Springbrunnen», erklärte der Kunde und starrte Lisa fasziniert an. «Meine Nachbarn haben zwei Pinguine, das sieht sehr gut aus.»

«Da hätt i was.» Lisa holte einen bronzenen Reiher aus dem Regal, einen echten Ladenhüter. «Des is was Bsonderes.»

«Ganz hübsch.» Der Kunde nahm ihr zögernd den Reiher aus der Hand. «Aber warum hält er den

Schnabel gesenkt? Das gefällt mir nicht. Das sieht irgendwie traurig aus.»

«Aber des ist doch grad das Besondere!» rief Lisa. «Wenn er den Schnabel nach oben hält, dann tät ja dem armen Tier dauernd das Wasser in die Augen bloddern!»

«Da haben Sie recht», sagte der Kunde. «Aber . . .» Er zögerte und sah Nora an. «Was meinen Sie denn?»

«Reiher sind *in*, Pinguine sind *out*.» Nora war stolz auf diesen Geistesblitz.

«Na gut», sagte der Kunde, «dann packen Sie ihn mir mal ein.»

Wenn wenig los war, setzte sich Lisa gern zu Nora, die im Hinterstübchen mit dem altertümlich ratternden Taschenrechner hantierte, und die Zwanzigjährige erzählte von ihrer Kindheit, als wäre diese bereits fernste Vergangenheit. Lisas Eltern hatten einen kleinen Einödhof in Niederbayern besessen. Wenn es in Reitdorf dunkel wurde, ging man zu Bett, im Morgengrauen stand man auf. Radio und Fernsehen gab es nicht, und zum miteinander Reden war man von der schweren Arbeit viel zu müde. Als Lisa in die Schule kam, mußte sie erst lernen, Sätze zu bilden.

«Des Landleben hat mir fei gestunkn», meinte sie. «Imma mit de mistigen Viacha umanand und koa Klo net im Haus. Oiwai zum Misthaufn, und des Nachthaferl tagsüber aufm Gartenzaun. Aber jetzat», sagte sie stolz, «jetzat hat mei Vatter ein Stockhaus daneben baut mit Bad und WC und a schönen Tür aus Glassteinen. Unsere oide Hüttn hat so a Stadtfrack für vui Geld kauft, hat die Mutter geschrieben, der wird bald einziehn.» In ihrem Eifer verfiel sie immer wieder in ihren bayrischen Dialekt, an den sie von zu Hause her gewöhnt war.

Gleich nach Abschluß der Schule war Lisa Verkäuferin geworden. Frau Ahlert hatte sie in einem Herrengeschäft in München entdeckt und die Geschicklichkeit bewundert, mit der sie einem alten Herrn eine Krawatte andrehte, die er nicht haben wollte. «Sie hat mich dann überredet, daß i zu ihr komm», sagte Lisa zufrieden. «Und jetzt bin i schon zwoa Jahr da.»

Lisas Freund Robert war Florist. In einem Jahr würde er seine Meisterprüfung ablegen, dann wollte er sich in München selbständig machen, und sie würden heiraten.

«Aber dann haben Sie dieselbe Schinderei wie früher auf dem Hof», gab Nora zu bedenken. «Jeden Morgen vor Tau und Tag auf den Markt fahren und Blumen einkaufen und nie pünktlich Feierabend.»

Lisa war da anderer Ansicht. «München ist net Niederbayern, und was Eignes is was Eignes.»

Nora begann, an ihrer Arbeit Spaß zu finden, und entwickelte den Ehrgeiz, beim Verkaufen Lisa keine Schande zu machen. Wohlwollend beobachtete das Mädchen, wie geschickt ihre Schülerin mit einer Kundin umging, die ihre Geduld auf eine harte Probe stellte. Eine Kundin war am Tag zuvor schon einmal dagewesen und hatte mit ihrer kostbaren Flurtapete angegeben.

Nun war sie wieder erschienen und wedelte mit ihrem offenen Nerz herum, so daß man um die Glastierchen bangen mußte. Sie hielt Nora einen Rest dieser einzigartigen Tapete unter die Nase.

«Dafür möchte ich Messinghaken.»

Das Tapetenmuster war einfach scheußlich. Doch Nora fuhr bewundernd mit dem Finger darüber. «Ja, gnä' Frau, dazu passen natürlich keine ordinären Haken. Da müssen wir was Feineres nehmen.» Sie kramte zwei reichverzierte Haken für vierzig Mark das Stück hervor.

«Ganz schön teuer.» Die Kundin machte ein verlegenes Gesicht. «Ehrlich gesagt, ich habe die Tapete im Sonderangebot bei Oberpollinger gekauft.»

«Aber sie sieht sehr kostbar aus. Und das Design ist einfach zauberhaft. Mal was ganz Ausgefallenes! Soll ich Ihnen die Haken einpacken?» Die Kundin nickte ergeben.

«Brav, brav!» Lisa sparte nicht mit Anerkennung. «Aus Eana wird no was!» Sie fuhr mit dem Staubtuch über das grüne Pferd. «Wenn's nur damit auch so gut klappen tät. Da will keiner anbeißen. Ich werd a mal meinen Robert fragen, der hat immer Pfundsideen.»

Kurz nach Feierabend erschien wie üblich Lisas Robert, um seine Verlobte abzuholen. Mit seinem gepflegten halblangen Haar, dem unschuldigen Babygesicht und dem sauberen Teint sah der junge Florist wie ein wohlbehütetes Kind aus; aber seinem kühl abschätzenden Blick war anzumerken, daß er sehr wohl wußte, «wo der Barthel den Most holt». Er hatte dann auch gleich eine Idee: «Ich frag meinen Chef. Vielleicht darf ich das Viech zwischen die Blumen ins Schaufenster stelln. So zwischen Orchideen und Rosen sieht's gleich vui herziger aus. Und in unserer Gegend wohnen die, wo's Geld haben.»

Aber die Hoffnungen der beiden erfüllten sich nicht. Der Vorsitzende des Reitervereins, der im Blumengeschäft einen Kranz bestellte, überlegte einen Augenblick, ob diese Figur vielleicht ein passender Grabschmuck für den verstorbenen Reiterkameraden sei, aber sonst tat sich nichts. Nach vier Wochen kehrte das Pferd wieder an seinen angestammten Platz zurück und begrüßte mit freudig gebleckten Zähnen das Sparschwein aus Glas zur Rechten und das geschnitzte Krokodil zur Linken.

Eine Woche später betrat ein Mann um die Fünfzig den Laden. Mit seinem verschlissenen Parka und dem Arafat-Tuch, den maßgeschneiderten Hosen und den italienischen Schuhen sah er halb nach «Rettet den Wald» und halb nach American Express Card aus. Sein von der Sonne gegerbtes, mageres Gesicht ließ auf ein sauerstoffreiches, aber kalorienarmes Leben schließen. Er sah sich etwas verwirrt im Laden um. «Ich suche ein Spielzeug für meinen Jungen.»

«Der Spielzeugladen –» Nora wollte gerade sagen: «ist nebenan», als Lisa ihr verstohlen ein Zeichen gab.

«Da hätten wir ganz was Feines.» Lisa holte die Keramikfigur hervor.

«Was soll denn das darstellen?» fragte der Mann.

«Ein Pferd, natürlich», sagte Lisa unschuldig.

«Aber ein Pferd sieht nun wirklich etwas anders aus!»

Lisa hörte gar nicht hin. Sie zupfte an ihren scheckigen Haaren und guckte verträumt. «Wann i a Bub wär, ganz narrisch würd i mi freun. Aufs Nachtkastl würd i mir's stelln und träumen, ich tät drauf sitzn und tät galoppiern. Hui!»

«Aber», sagte der Mann, «meine Frau kauft grundsätzlich nur Spielzeug aus Holz und . . .» Er schwieg verwirrt.

Lisa war ganz dicht an ihn herangetreten und lächelte ihn gleich doppelt an, denn sie trug wieder einmal das T-Shirt mit ihrem Konterfei. Sie hielt ihm das Pferd entgegen. «Langen S' nur hin, man könnt meinen, es hätt ein richtiges Fell.»

Durch Lisas Nähe aus dem Konzept gebracht, entblödete der Mann sich nicht, dem grünen Untier, das sie ihm geschickt in die Arme gelegt hatte, mit dem Finger über den Rücken zu streichen.

«Wie Seide, gell?» sagte Lisa aufmunternd. Sie trat wieder einen Schritt zurück. «Ich hab mir's gleich gedacht. Eana g'fallts. Is ja auch unser schönstes Stück. Hundert Mark, wenn i bitten darf.»

Der Mann machte einen schwachen Versuch, sich zu widersetzen. «Das ist viel Geld, und überhaupt, meine Frau kauft nur Markenspielzeug.»

«Aber des ist doch fast das gleiche», tröstete ihn Lisa. «Glauben S' mir, i kenn mi da aus. Ich mach Ihnen einen

Vorschlag, ich komme Ihnen entgegen und reduzier's. Sagn ma 85 Mark. Einverstanden?»

Nora sah dem Mann skeptisch nach, als er aus dem Laden stolperte. «Wenn das man gutgeht.»

«Des Viech san ma los.» Lisa lächelte durchtrieben.

Aber Nora hatte nicht umsonst geunkt. Als sie am nächsten Morgen die Ladentür aufschlossen, stand der Mann wieder vor ihnen. Diesmal hatte er seine Frau mitgebracht. Sie war nur wenig älter als Lisa, aber zwischen den beiden lagen Welten. Die junge Frau trug kein Make-up. Ihre Nase war ein wenig gerötet, das Haar hatte sie zu einem dicken Knoten aufgesteckt. Über dem langen roten, mit silbernen Sternchen übersäten Kleid trug sie etwas unförmig Schafwollenes, das einen strengen Geruch ausströmte. Am Arm hing ein Korb, aus dem das grüne Pferd heraussah. Auf ihren Holzschuhen klapperte sie auf Lisa zu. Dabei war ihr deutlich anzumerken, was sie dachte: Das könnt dir so passen, meinen Mann für dumm zu verkaufen! Doch ihre Stimme war von öliger Freundlichkeit:

«Mein Mann hat mir erzählt, daß Sie ihm mit viel Engagement dieses Geschenk für unseren Hans-Peter ausgesucht haben. Aber unser Kind soll die Natur und ihre Tiere nicht als kitschiges Abbild erleben.» Damit ihr Sohn kein degeneriertes Stadtprodukt würde, hätten sie sich jetzt ein wundervolles altes Bauernhaus gekauft, dort wollten sie Hühner und Enten in natürlicher Herdengemeinschaft halten und Gemüse anbauen. «Die früheren Besitzer», tönte die junge Frau, «haben sich nämlich so ein scheußliches modernes Haus gebaut mit kitschigen bunten Glassteinen. Es ist traurig, wie das Gefühl für das Natürliche diesen guten Leuten abhanden gekommen ist.»

Der Mann sah Lisa verlegen an. «Das interessiert nun doch wirklich nicht.»

«Was wolln S' denn jetzat?» fragte Lisa kühl.

«Wir wollen die Figur umtauschen», sagte die Frau mit fester Stimme.

Lisa zuckte bedauernd die Schultern. «Tut mir leid, zurücknehmen kann ich das Pferd fei nimmer. Steht doch extra auf dem Kassenbon: Herabgesetzte Ware ist vom Umtausch ausgeschlossen.»

«Das ist ja die Höhe!» Die junge Frau zupfte erregt an ihrem Wollcape. In den Augen des Mannes spiegelte sich so etwas wie Bewunderung. Er schien seiner Frau die Niederlage zu gönnen. Vielleicht hat sie ihn zu lange biologisch-dynamisch gedüngt, dachte Nora. Er zog seine Frau am Arm.

«Laß doch. Die Verkäuferin ist im Recht. Wir schenken's den Niedermayers zur Feier unseres Einstands in Reitdorf.» Lisa zuckte zusammen. «Die stellen sich's in ihrem Neubau sicher gern in die gute Stube. Das ist genau das Richtige für sie.» Die beiden verließen den Laden.

«Do legst di nieda», sagte Lisa ganz erschüttert. «De Niedermayers, des san ja mir!»

4

Mit Frau Ahlerts Rückkehr war Noras Gastspiel in der Boutique zu Ende gegangen. Aber unmittelbar darauf hatte sich unverhofft ein neues Angebot ergeben. Ein Gutsbesitzer, mit dem Frau Ahlert befreundet war, mußte dringend ins Krankenhaus und brauchte jemanden, der während seiner Abwesenheit nach dem Rechten sah. Seine Frau war vor kurzem gestorben, und er lebte allein. Das Schloß war vermietet, der Acker verpachtet, und auf den Koppeln grasten Pensionspferde, an die Nora sogleich ihr Herz verloren hatte.

Wie jeden Morgen vor dem Frühstück stand sie auch heute am Koppelzaun und beobachtete die Pferde. Sie streckte sich wohlig in der warmen Frühlingssonne, die ihr trotz der frühen Stunde bereits kräftig den Rücken wärmte. Eine zierliche Stute hatte sich aus der grasenden Gruppe gelöst und sah zu ihr herüber. Es war ein Pferd wie aus dem Bilderbuch, mit schmalen Fesseln, schwebendem Gang und langem Rücken. Aber sein erschrockener, auf Flucht gerichteter Blick nahm ihm einiges von seiner stolzen Haltung. Und ausgerechnet dieses edle Tier gehörte Alphons, einem zwölfjährigen Jungen, der sich überhaupt nichts aus Pferden machte und mit ihm umging, als säße er auf einem Mofa. Nora sah über die grün gewordenen Felder und freute sich, wieder einmal auf dem Lande zu sein. Je älter sie wurde, um so mehr genoß sie die Natur. In ihrer Jugend hätte sie jedes verstaubte Hinterhofkino einem strahlenden Sommertag vorgezogen.

«Frau Lechow, der Kaffee ist fertig!» Der Kopf der Haushälterin verschwand wieder vom Fenster.

Gut gelaunt schlenderte sie durch den verwilderten kleinen Park über den Schloßhof zum Seitenflügel, wo das Frühstück bereitstand. Was hatte sie sich doch vor der Zusammenarbeit mit der kessen jungen Verkäuferin gefürchtet, und was für vergnügliche Wochen waren daraus geworden. Sie war dadurch so in Schwung geraten, daß sie zu ihrem eigenen Erstaunen ohne Zögern das neue Angebot annahm.

Zuerst hatte es für Nora so ausgesehen, als ob das Ganze ein besserer Ferienaufenthalt würde. Die Pferde wurden von Gino, einem Italiener, betreut, und für den Haushalt sorgte Maria, eine Frau aus dem Dorf, deren Mann das kleine Gasthaus im Ort gehörte. Aber dann stellte sich heraus, daß die Reiter, wenn sie am Abend oder an den Wochenenden aus der Stadt kamen, um nach ihren Pferden zu sehen, eine gewisse Ansprache brauchten.

Diese Pferdenarren waren merkwürdige Wesen. Sie verspürten einen geradezu zwanghaften Drang, über ihre Lieblinge zu sprechen. Manchmal war es schon anstrengend, sich ihre endlosen Tiraden darüber anzuhören. Auch gerieten sie sich in den Ställen nicht selten in die Haare, und Nora mußte vermitteln. Sie grinste, als sie daran dachte.

Während sie den Hof überquerte, fiel ihr plötzlich auf, wie still es war. Dann erinnerte sie sich wieder. Die Rockband, die das Schloß seit kurzem gemietet hatte, war auf Tournee. Das kleine Barockschlößchen wirkte richtig glücklich darüber. Es hatte schon so manches erlebt, Belagerungen und Hexenverbrennungen, aber gegen den Krach, den die Band veranstaltete, waren die Mörser aus dem Dreißigjährigen Krieg reines Schwalbengezwitscher gewesen. Nora ging die Treppe hinauf in die Küche und setzte sich zu Maria an den Tisch. Es roch verlockend nach Kaffee und frischen Brötchen.

«Hab ich Ihnen eigentlich schon von meiner Afrikareise erzählt?» Maria, kleinwüchsig, stämmig und mit merkwürdig großen Nasenlöchern ausgestattet, sah Nora erwartungsvoll an. Sie sprach bei den gemeinsamen Mahlzeiten fast von nichts anderem als von ihrer Afrikareise, und Nora kannte sämtliche Bilder, die Maria im Dirndl zwischen den frommen Schwestern und lachenden Schwarzen zeigten. Aber auch von ihrer Lebensgeschichte bekam Nora immer wieder ein Stück serviert.

Wie Lisa war auch Maria weit ab von der nächsten Stadt auf einem kleinen Bauernhof aufgewachsen. Der Weg zur Schule war nur begehbar, wenn der Schnee nicht zu hoch lag, und das Schaffen lernte sie eher als das kleine Einmaleins. Später ging sie dann zu einem

Fabrikanten in Stellung. Sie bewunderte das Silber, die Möbel, die Teppiche. Imponieren tat es ihr nicht. Schließlich war ihr Vater genau wie der Fabrikant ein Besitzender und brauchte den Hut im Gasthaus nicht abzunehmen.

Maria gönnte sich nichts, drehte jeden Groschen um – und dann hatte sie es geschafft. Stolz führte sie dem Vater einen Bulldog, den sie für ihn gekauft hatte, vor. Der Dank blieb aus. Der Bauer war es gewohnt, mit dem Ochsen aufs Feld zu fahren, und hatte sich dem Rhythmus des Tieres angepaßt. Wenn es müde war, legte es sich hin, und der Bauer wartete, bis es sich bequemte, wieder aufzustehen. Und jetzt sollte er mit so einer Maschine rastlos über den Acker rasen?

Es dauerte lange, ehe Maria einen Mann fand. «Da hast du dankbar zu sein», sagten die Eltern. Er war ebenso klein wie sie, aufbrausend und tyrannisch: Eine Frau muß sich ducken. In seinem verrotteten Gasthaus gab es nur ein paar festgenagelte Tische, aber kein Klo, und bei den Hochzeiten mußte man befürchten, der baufällige Saal über der Gaststube könnte einstürzen. Zudem war das Gasthaus hoch verschuldet, weshalb Marias Mann noch in der Stadt auf dem Bau arbeitete. Er kommandierte die Familie herum und fand es ganz in Ordnung, daß seine Frau bereits um vier Uhr morgens die Kühe gemolken und die Schweine gefüttert hatte, ehe sie ihm und den Kindern das Frühstück machte. Neben der Feldarbeit bediente Maria abends die Gäste, und als die Kinder aus dem Gröbsten heraus waren, arbeitete sie noch zusätzlich auf dem Gut, damit von dem Geld das Gasthaus nach und nach renoviert werden konnte.

Dann bekam sie überraschend eine Einladung ihrer Stiefschwester, die Nonne in einem Missionshaus in Afrika war. «Du bleibst», befahl der Mann. Aber zum erstenmal in ihrem Leben muckte Maria auf. In ihrem besten Dirndl reiste sie ab. Ein paar Tage später ging der Mann auf das dörfliche Postamt, und unter vielen überraschten «Jessas Maria!» brachte die Postbeamtin eine Verbindung mit dem Missionshaus zustande. «Du kimmst zurück, verstandn!» brüllte er in den Hörer. Maria hatte. Beim zweiten Anruf ließ sie sich verleugnen.

Als er sie nach vier Wochen vom Bahnhof abholte, war es wie immer: Sie trug den Koffer, er ging nebenher. Doch dann traute er seinen Ohren nicht. Als sie am Acker vorbeikamen, fuhr Maria ihn an: «Wie schaut's denn da aus? Ois voller Unkraut – ja, do soi do glei –» Und zu Haus ging's in derselben Tonart weiter. «Warum is koa Essen für mi grichtet?» Mann und Kinder schwiegen wie versteinert. «Nur damit ihr's wißt», fauchte die veränderte Maria, «rumschubsen laß i mi fei nimmer, i bin jetzat emanzipiert!»

Die Nonnen in Südafrika müssen außerordentlich fortschrittlich sein, dachte Nora, daß sie es in der kurzen Zeit geschafft hatten, Maria derart umzukrempeln.

Von den Erlebnissen in Afrika und dem Wunder ihrer Emanzipation kam Maria auf das Gasthaus zu sprechen.

«In zwei Wochen haben wir a große Hochzeit, und grad dann sind beide Buben auf dem Schulausflug. Wer soll mir bloß am Nachmittag beim Bedienen helfen?»

«Fragen Sie doch Gino», schlug Nora vor. Sie mochte den jungen, lustigen Italiener, der sie gleich am ersten Tag mit dem schönsten Dorfklatsch vertraut gemacht hatte. «Er verdient sich bestimmt gern etwas nebenbei.»

«Na, na», sagte die sparsame Maria. «Des bringt nix. Mir wird schon was einfalln.»

Da es Samstag war, herrschte am Nachmittag auf dem Gutshof Hochbetrieb. Als erste erschien Frau Brunner. Die Besitzerin eines Haflingers gierte geradezu nach einem Schwätzchen. Sie war geschieden. Ihre Kinder lebten im Ausland und ließen nur noch wenig von sich hören, und so war der Haflinger das einzige Geschöpf, um das ihre Gedanken von früh bis spät kreisten. Sie sprayte ihren Liebling vorsorglich gegen Mücken ein, brachte ihm Äpfel und Mohrrüben mit und wusch ihn mehrmals von Kopf bis Fuß mit einem Spezialmittel, welches das erschreckte Pferd in eine riesige Schaumwolke hüllte. Jeden Tag erschien sie im Stall, eine frischgewaschene Satteldecke über dem Arm, und sagte: «Reni, heut reit' ma aus.» Daraufhin legte Reni sofort die Ohren an, gab ein bösartiges Schnauben von sich und hob warnend ein Hinterbein. Und jeden Tag verbesserte Frau Brunner sich hastig: «Na, na, Reni, heut net, morgen.»

Dann kam ein junger Mann zu Nora und verlangte,

daß ihm das Pferd seiner Verlobten gesattelt würde. «Das müssen Sie sich schon selbst von der Koppel holen», sagte Nora. Der Mann sah sie empört an.

«Ich soll zwischen eine Horde von wilden Pferden gehen? Ich bin ja schließlich nicht in der Prärie groß geworden.»

«Dann spielen Sie doch besser Tennis», sagte Nora gereizt.

Wenig später wurde ein Pferd zurückgebracht, das seine Besitzerin erst vor acht Tagen abgeholt hatte. Ihr «Ich geb's zu Freunden, die haben viel schönere Boxen» war Nora noch im Ohr.

«Bringen Sie uns die Tosca wieder?» fragte Nora. «Hatten Ihre Freunde keinen Platz mehr?»

Zuerst wollte die Besitzerin nicht recht mit der Sprache heraus, aber dann mußte sie doch ihren Ärger loswerden. Es stellte sich heraus, daß Tosca nicht nur die Schnitzereien an den Boxen angeknabbert, sondern auch die Farbe von den Wandgemälden geleckt hatte, mit denen der Stall von der Tochter des Hauses künstlerisch ausgestaltet worden war.

«Sie haben gesagt, die Tosca habe keinen Sinn für Kultur, und ihre proletigen Manieren würden die anderen Pferde verderben.» Nora verkniff sich ein Lachen. «Die Tosca hat eine tadellose Abstammung und einen erstklassigen Hengst zum Vater», sagte sie tröstend.

Ein Mercedes war auf den Hof gefahren, und Alphons, dem die hübsche braune Stute gehörte, wurde von seiner Mutter, die eine gutgehende Metzgerei besaß, abgesetzt. Sie hielt es nicht einmal für nötig, Nora einen Gruß zuzuwinken. Nora beobachtete den Jungen, wie er in den Stall trottete und nach einer Weile mit seinem Pferd wieder herauskam. Als die Stute beim Aufsitzen nicht stehen wollte, riß er sie grob ins Maul, und kaum saß er oben, ließ er sie forsch antraben. Nach zwei Stunden kam er zurück. Das Pferd wirkte völlig erschöpft, und sein Hals war naß vor Schweiß.

«Du kennst wohl nur eine Gangart, und das ist Galopp», sagte Nora ärgerlich. «Das ist ein Pferd und kein Rennwagen. Jetzt reib sie wenigstens trocken.»

«Wozu?» Der Junge sah sie mit seinen Fischaugen an.

Nora wollte sagen: Weil es sich für einen guten Reiter so gehört; aber dann fiel ihr etwas Besseres ein.

«Deine Mutter hat mir erzählt, daß die Stute fast 20 000 Mark gekostet hat. Das ist schließlich 'ne Menge Geld.»

Das zog. Der Junge holte sich ein Büschel Stroh und machte sich an die Arbeit. Nora betrachtete ihn ohne Sympathie. Viel Liebenswertes hatte der Bengel wirklich nicht an sich. Ein typisches Produkt der «Pommes-frites-Generation»: zu dick, zu blaß, zu gelangweilt.

«Machst dir wohl nicht viel aus Reiten? Aber warum haben dir deine Eltern dann so ein kostbares Pferd geschenkt?»

Der Junge blieb die Antwort schuldig. Er spazierte in seinem teuren Reitdreß auf den Hof, wo seine Mutter bereits auf ihn wartete. Nora bedachte die beiden mit wenig freundlichen Gedanken.

Da war ihr die verdrehte Frau Brunner lieber oder das Ehepaar, das acht Tage im Stall bei seiner Stute übernachtet hatte, um die Geburt des Fohlens mitzuerleben. Alle Augenblicke hatten sie in die Box geguckt. Schließlich waren sie erschöpft für ein paar Stunden in ihre Wohnung gefahren, und als sie wiederkamen, stand das Fohlen schon neben seiner Mutter.

Es war heiß geworden. Die Reiter ließen sich jetzt seltener blicken, und Nora konnte das schöne Wetter unter blühenden Sträuchern im Park genießen. Die Band war zurückgekehrt. Das dumpfe Wumwum der Bässe drang wieder bis ins Dorf. Maria ließ sich freigeben, um die Hochzeit vorzubereiten. «Und wie ist es jetzt mit dem Servieren?» fragte Nora.

«Guat schaut's aus.» Maria fischte zufrieden eine Fliege aus der Kaffeemilch. «Der Alphons wird mir helfen. Wenigstens am Nachmittag für zwei Stunden. Sie wissen schon, der wo sein Pferd hier hat.»

«Der Alphons? Dieses greuliche Kind?»

«Na, na, des is a ganz a liaber Bua. Er is oft bei mir druntn.»

«Der Alphons?» fragte Nora ungläubig. «Wann denn?»

Aber Maria hatte es plötzlich eilig. «Jessas, schon glei zwölf. Ich muß noch die Wäsche aufhängen.»

Am Tag nach der Hochzeit kam Maria extra noch einmal, um Nora eine Probe vom Hochzeitskuchen zu bringen. Während sie gerade von der Braut erzählte und daß beim Brautraub irgend etwas schiefgegangen war, tat sich die Tür auf, und Alphons betrat die Küche.

«Ja, der Bub!» rief Maria. «Also, Frau Lechow, der hat's Kellnern im Blut. Gell, Alphons?»

Aber der Junge achtete nicht auf ihr Lob. Er streckte ihr seinen Arm entgegen und verkündete: «Die Hand hat scho lang koa Geld mehr gsehn. Für a Vergeltsgott is nix getan.»

Mit funkelndem Blick sah Maria in seine Fischaugen. Einen Augenblick herrschte Schweigen. Dann legte sie los: «Ja, wia hammer's denn, mei Liaber? Das Essen umsonst, das Trinken umsonst, und jeden Nachmittag die Cola und überhaupt, wenn de Eltern wüßten, wos du so treibst mit dem teuren Roß.» Sie drehte sich zu Nora um. «Jeden Tag laßt er die Kinda aus der Siedlung drauf reitn, und net für ein Vergeltsgott, de müssen fei zahlen.»

In den Augen des Jungen glomm etwas auf. «Ich dacht, mir san Freunde», sagte er mit heiserer Stimme. «Des Geld, i brauch's doch!»

«A geh, so a Lackel!» Sie zeigte verächtlich auf seine Reitstiefel aus feinstem Leder. «Der hat oiwai zuviel davo.»

«Ich hab Schulden», verteidigte sich Alphons. «Für jede schlechte Note muß i meim Vatter was zahlen. Das Taschengeld für ein halbes Jahr ist schon verpfändet, und meinen Kanari hab ich auch verkaufen müssen.» Eine einsame Träne rollte über seine feiste Wange. «Wenn ich von der Schule heimkommen bin, ist er vor

Freude von einer Stange auf die andre gehupft. Bei meinem Freund hat er nur einen Tag gelebt, schon am nächsten Tag ist er tot in seinem Käfig gelegen. Vor Heimweh ist er g'storben. Was soll ich bloß machen, was soll ich denn bloß machen!» Er weinte jetzt richtig. «Wenn ich's Geld net hab, muß i in unserer Metzgerei die Schulden abarbeiten. Und da graust's mir.»

Den beiden Frauen hatte es die Sprache verschlagen. «Aber deine Eltern haben dir immerhin ein Pferd geschenkt», versuchte Nora ihn zu trösten.

Der Junge putzte sich die Nase: «Des ist wegen dem Prestige», sagte er undeutlich.

In Marias Gesicht arbeitete es. Sie holte zögernd ihr Portemonnaie heraus und legte ihm zehn Mark auf den Tisch. «Also gut, i möcht mir nix nachsagen lassen.»

Der Junge steckte den Schein hastig ein. Er sah Maria mit einem herzzerreißenden Lächeln an. «Wenn mir die Metzgerei erst gehört, dann kriagst as wieder.»

5

Anfang Juni kehrte Nora in ihre Wohnung zurück. Die Küche miefte vorwurfsvoll vor sich hin. In der Hetze des Aufbruchs vor mehr als zehn Wochen hatte sie vergessen, die Plastiktüte mit den Abfällen zu leeren. Angewidert betrachtete sie die schmutzigen Fenster und den abgeblätterten Fensterrahmen. Sie gab Lilo recht. Der Teppich war wirklich erneuerungsbedürftig, und die Wohnung mußte dringend renoviert werden. Aber woher das Geld nehmen? Urlaubsvertretungen schienen zwar ganz lukrativ zu sein, die Frage war nur, ob sich immer etwas Geeignetes finden würde. In Gedanken entwarf sie bereits eine schwungvolle Anzeige: *Ich bleibe, wenn Sie gehen,* oder so ähnlich. Sie würde sich zeitgemäß «Homesitter» nennen. Das Wort «einhüten» klang zu antiquiert.

Sie ergriff die Plastiktüte und ging zur Wohnungstür. Auf dem Weg zum Müllschlucker wurde sie von den Nachbarn freundlich begrüßt. Ach, es gab ja große Neuigkeit! Aus dem achten Stock war eine Frau gesprungen. Sie war auf die Markise im Stockwerk drunter geprallt und hatte diese im Sturz mit sich gerissen. «Und stellen Sie sich vor, Frau Lechow, die Versicherung weigert sich, den Schaden zu ersetzen!»

Zu ihrem Bedauern mußte Nora das Gespräch abbrechen, denn durch die offengelassene Wohnungstür hörte sie das Telefon läuten. Es war Lilo. Sie fragte nicht nach ihren Erlebnissen bei den Urlaubsvertretungen in München und auf dem Gutshof, sie hatte nur das bevorstehende Klassentreffen im Kopf.

Die Klasse der ehemaligen Frauenfachschule traf sich in unregelmäßigen Abständen. Das letzte Treffen lag schon drei Jahre zurück. Lilo, die unermüdlich die Organisation dieser Zusammenkünfte übernahm, arrangierte gelegentlich auch Besichtigungsreisen für die Bildungshungrigen unter den «Ehemaligen». Dann trabte eine kleine Gruppe rundlicher und mit den Jahren auch runzliger Frauen, gewissenhaft vorbereitet und mit Katalogen bewaffnet, auf müden Beinen folgsam hinter ihrem Leithammel Lilo her – durch Galerien, Museen, Kirchen und Schlösser, auf Stadtwällen entlang, die Handtaschen voller Medikamente, von denen sie hin und wieder verstohlen naschten, denn irgendein Leiden hatte sich im Lauf der Jahre jede von ihnen zugelegt. Aber trotz schmerzender Ballen und Gallendruck war der Enthusiasmus so ungebrochen wie in ihren Mädchenjahren, als Besichtigungen jeder Art immer ein «Höhepunkt» oder ein «unvergeßliches Erlebnis» gewesen waren.

«Ich hab uns einen Raum in dem französischen Lokal in meiner Straße fürs Mittagessen reservieren lassen», sagte Lilo. «Der Wirt hat mir einen recht annehmbaren Preis fürs Gedeck gemacht.» Danach wollten sie bei Lilo weiterfeiern. Sie war sehr stolz auf ihr Haus, ein Paradebeispiel gepflegter Wohnkultur, wo jeder Waschlappen zum Handtuch und jeder Kissenbezug zur Gardine paßte, und präsentierte die geschmackvoll eingerichteten Räume gern.

«Aber komm bitte nicht wieder in deinem Friedlandrock», sagte Lilo. Seit Jahren versuchte sie, ihre unauffällig angezogene Freundin Nora zu einer schickeren Garderobe zu überreden. Den «Friedlandrock» aus glokkig geschnittenem grauen Flanell trug Nora ausgesprochen gern, aber Lilo behauptete, er erinnere sie fatal an die Röcke aus Wehrmachtsdecken, die nach 45 die Uniform der Flüchtlingsfrauen in dem großen Durchgangslager gewesen waren. Nora versprach, sich etwas «Anständiges» zu kaufen. Noch am selben Tag machte sie sich auf den Weg in die Stadt.

Der Großstadtverkehr betäubte sie förmlich, und sie ertappte sich dabei, daß sie, angesteckt von der allgemeinen Hektik, zu rennen anfing, nur um noch rechtzeitig bei Grün an der Ampel zu sein. Die Brandmauer, an der sie mit dem Bus vorüberfuhr, zierte inzwischen ein weiterer Spruch:

LIEBER GOTT MACH MICH NICHT GROSS
ICH WERD JA DOCH NUR ARBEITSLOS

Diese Sorge schien der jungen Verkäuferin aus der notleidenden Textilbranche, in deren Geschäft Nora jetzt stand, fremd zu sein. Sie telefonierte jedenfalls in großer Ruhe zu Ende, ehe sie sich der wartenden Kundin zuwandte.

«Sie haben da ein Kostüm im Schaufenster», erklärte Nora in fast entschuldigendem Ton. «Das würde ich gern mal anprobieren.»

Die Verkäuferin warf einen abschätzigen Blick auf Noras Figur. «Übergrößen führen wir nicht.»

Ärgerlich über sich selbst, weil es dieser impertinenten Person gelungen war, sie einzuschüchtern, und mit dem niederschmetternden Gefühl, eine Tonne zu sein, verließ Nora das Geschäft. Marias köstliche Mehlspeisen und das bayrische Bier hatten ihre Spuren hinterlassen. Der Familienspruch *Woanders dickt's nicht* traf auf sie leider nicht zu. Dabei war sie mal ein spindeldürres kleines Mädchen gewesen. Bis sie eines Tages einer unverheirateten, kindersüchtigen Tante in die Hände fiel. Die hatte das «goldige Norachen» gleich zu sich geschleppt und sie mit allem verwöhnt, wonach deren Herz begehrte: Sahnebonbons und Zitronenküchelchen, Hoppel-Poppel und Glibberspeise mit Sahne. Den Vater hatte fast der Schlag getroffen, als sie schwerfällig das Trittbrett der Kleinbahn hinunterstieg. «Was haben sie denn mit dir gemacht?» Sogar die Pferde vor dem Kutschwagen wieherten erschrocken.

Seither mußte Nora aufpassen, ihr Gewicht einigermaßen zu halten. Sie wollte schon die Patzigkeit der Verkäuferin als Vorwand nehmen, um die ganze Unternehmung abzubrechen. Bei dem Nieselregen war es bestimmt sowieso das beste, wieder nach Haus zu fahren.

Aber Lilo würde nicht lockerlassen. Manchmal war ihre Bevormundung unerträglich. Sie würde plötzlich in der Tür stehen und so lange auf sie einreden und behaupten, daß sie gerade ein Kleid gesehen habe – «Ich sage dir, wie für dich gemacht!» – bis Nora ganz jipprig mit ihr loszog, um hinterher festzustellen, daß sie sich verkauft hatte. Da war es schon besser, sie brachte die Sache allein hinter sich.

Nora schlenderte gedankenverloren die Straße entlang. Ihr war eine Boutique mit erschwinglichen Preisen eingefallen. Sie betrachtete sich einen Augenblick in der Schaufensterscheibe eines Radiogeschäftes: Eine Frau in einem der üblichen Sommermäntel, wie sie zu Dutzenden in den Warenhäusern hingen, mit einem ebenso langweiligen Seidentuch und einer abgeschabten Handtasche, blickte ihr entgegen. Der Typ jener Frauen ihrer Generation, die von Behörden mit schlecht verhohlener Gleichgültigkeit abgefertigt wurden, während sie jungen Polizisten das Gefühl gütiger Überlegenheit gaben. Vorbei war's mit dem «goldigen Norachen», von dem Tante Olga, wenn sie gern noch eine Woche länger bei den Lechows zu Gast bleiben wollte, der Mutter vorsäuselte, sie sei eine richtige kleine Schönheit. War es wirklich schon mehr als vierzig Jahre her, daß sie mit Lilo alle Augenblicke zu Polyphoto gerannt war, um Bilder für die «Jungens» von sich machen zu lassen?

Ach, wie flüchtig, ach, wie nichtig! Oder hieß es umgekehrt?

Auf jeden Fall mußte sie zum Friseur. Sie zupfte an ihrem Haar und schnitt sich eine Grimasse. In der Schaufensterscheibe spiegelte sich ein Mann, der sie zu beobachten schien. Sie drehte sich um. Es war ein Stadtstreicher. Er saß auf einem Blumenkübel und grinste sie verständnisvoll an. «Sie sehen doch prima aus», sagte er. Dankbar für das Kompliment, schenkte sie ihm zwei Mark. Er beteuerte, sie sei eine wundervolle Dame, und schwankte eilig davon.

Bei ihrem Friseur hatte sie Glück. Eine Kundin war ausgefallen. «Sie sehen ja richtig verjüngt aus», sagte Fräulein Monika mit professioneller Freundlichkeit und fuhr ihr mit dem Kamm flüchtig durchs Haar. «Urlaub gemacht?»

«Das gerade nicht.» Nora zog sich den Umhang zurecht. «Ich . . .» Fräulein Monika hörte schon nicht mehr zu. «Der Trockner da drüben hat sich ausgestellt, sei doch nicht so tranig», zischte sie den Lehrling an. Ein Radio lief in voller Lautstärke. «Ick hatte ooch mal ne Message», teilte ein Bandleader der Reporterin mit. «Aber det ha' ick wieder jelassen, det bringt nischt.»

Nora seufzte. Vor dieser Geräuschkulisse war man nirgends mehr sicher, sogar beim Zahnarzt wurde man über den Straßenzustand oder die Wasserstände informiert. Die Kundin neben ihr legte eine Lesemappe aus der Hand: «Was da wieder für ein Quatsch drinsteht!» Die Friseuse beugte sich vertraulich zu Nora nieder.

«Dabei hat sie den Bericht *Wenn Mädchen Männer vergewaltigen* verschlungen, aber jedesmal, wenn ich vorbeikam, schnell weitergeblättert!»

Eine Stunde später betrachtete sich Nora ein wenig zweifelnd das Ergebnis ihrer Verschönerungsversuche. Anders sah sie jetzt aus. Aber besser? Als sie den Laden verlassen hatte und an dem Blumenkübel vorbeikam, war der «Berber» bereits an seinen Platz zurückgekehrt. «Nur Mut, ich mag Sie immer noch!» rief er ihr zu und warf schwungvoll einen geleerten Flachmann in den Papierkorb.

In der Boutique mit den erschwinglichen Preisen bemühte sich die Besitzerin persönlich um sie und gab Nora das Gefühl, endlich im richtigen Geschäft gelandet zu sein. Sie zog schließlich mit einem Wollkostüm von dannen, das man nachmittags und abends tragen konnte. Zu Hause mußte sie feststellen, daß der Rock doch nicht so gut saß, wie es vor dem Spiegel in der Boutique den Anschein gehabt hatte. So ging sie damit zu der alten Frau, die über ihr wohnte und ihr hin und wieder etwas änderte.

Während Frau Weiß an ihr herumsteckte, erzählte sie ihr wieder einmal, den Mund voller Stecknadeln, von den Waschtagen im Schloß, wo sie als junges Mädchen angestellt gewesen war.

«Mehr als ein Dutzend Frauen sind an diesen Tagen aus dem Dorf angerückt», nuschelte Frau Weiß, «die Bottiche alle in einer Reihe und davor, wie ein Tambourmajor, die Mamsell, den Topf mit der selbstgekochten Seife neben sich. Jedes Stück hat sie eigenhändig eingeseift, ehe es in den Waschkessel kam.»

Nora wurde es himmelangst: «Frau Weiß, Sie werden noch 'ne Nadel verschlucken!» Aber Frau Weiß hörte gar nicht hin.

«Auch zum Plätten kamen die Frauen. ‹Was habt ihr denn heute zum Mittag gehabt?› wollten sie wissen. ‹Ooch, wieder dieses olle Rehragout, und ihr?› – ‹Na, was schon, ihr feinen Gänse, Steckrüben.›»

«Wenn Sie mir hier die Taille ein bißchen weiter machen würden», sagte Nora.

«Viel ist da nicht mehr rauszuholen», Frau Weiß kehrte nur kurz zu Falten und Abnäherproblemen zurück und nahm sogleich den Faden ihrer Geschichte wieder auf. 35 Mark Gehalt im Monat und die vielen Trinkgelder und Weihnachten die Geschenke! Streifendamast für die Mamsell und die Jungfer und sie, aber für die Leuteköchin nur Buntkariertes. Doch das Schönste waren die Manöverbälle der Reichswehr gewesen. Erst bei Morgengrauen war man ins Schloß zurückgekehrt.

«Autsch!» rief Nora, die von Frau Weiß vor lauter Begeisterung kräftig gestochen worden war.

Frau Weiß ließ das ungerührt. «Wenn Sie so rumzappeln.»

Nora gehörte zu den Mietern, die vor Frau Weiß Gnade gefunden hatten, und das auch erst, nachdem es sich herausstellte, daß sie aus dem gleichen Heimatkreis im Osten stammte. Natürlich konnte sich Nora nicht im entferntesten mit dem «gnädigen Fräulein» von Frau Weiß' ehemaliger Herrschaft vergleichen, auch wenn sie in einem Gutshaus aufgewachsen war. Sie war ja nicht mal adlig. Immerhin wußte sie wenigstens, was für Wein zu Fisch und was zum Hasen getrunken wurde.

Obwohl Frau Weiß auf die Achtzig zuging, arbeitete sie noch regelmäßig in einem Modegeschäft als Änderungsschneiderin. Ihrer Enkeltochter war das nicht recht. Was sollten denn die Leute denken! Aber Frau Weiß blieb halsstarrig. Die Rente lag nur wenig über dem Sozialsatz, und man wollte ja auch mal den Enkelkindern was zustecken.

In ihrem grau-weiß gepunkteten Kleid hockte Frau Weiß wie ein schon etwas zerzaustes Perlhuhn auf einem Schlafbaum in ihrer winzigen Einzimmerwohnung und erzählte den wenigen Auserwählten, zu denen auch der Briefträger gehörte, aus jener Zeit in den zwanziger Jahren, als sie Erstes Hausmädchen auf dem Rittergut eines Industriellen gewesen war. Man staunte, wenn sie herrschaftlichen Glanz ausbreitete. Das war ja wie in der Fernsehserie *Das Haus am Eaton Place*. Nach Frau Weiß' Erzählungen mußte es in dem Schloß vor Personal nur so gewimmelt haben. Sogar ein Mädchen für die Hühner hatte es gegeben. «Geh die Hühner tasten», befahl ihr die Mamsell und kam nach einer Weile nachsehen, wo das dumme Ding geblieben war. Das stand heulend zwischen den aufgescheuchten Hennen im Stall und jammerte in einem fort: «Ich krieg's nicht raus, ich krieg das Ei nicht raus!» Zwei Autos hatten die Herrschaften gehabt, einen Packard und einen Dixi, und sogar fürs Personal wurde mit weißen Tischtüchern gedeckt. Nora hörte Frau Weiß' Geschichten gern. In ihrer etwas muffigen, sonst eher wortkargen Art erinnerte die alte Frau sie an ein Hausmädchen aus ihrer Kindheit, dem sie an öden Regentagen nicht von der Pelle wich und in das sie ihre langweiligen Geschichten ohne rechten Anfang und Ende hineindröhnte.

«Die Mamsell hat sich aus dem Schlafzimmer gebeugt.» Frau Weiß war noch immer mit ihren Erinnerungen beschäftigt. «Fehlt noch jemand? Ja, die Jungfer. Dann wartet gefälligst, bis alle da sind, eher schließe ich nicht auf.» So war die Mamsell nun mal.

Und dann hatte Frau Weiß ihren Paul kennengelernt, und ein Kind war unterwegs. Vor Angst hatte sie sich in der elterlichen Küche an der Herdstange festgekrallt, und der Vater hatte vor ihr ausgespuckt: «Pfui Deibel! Raus mit dir!» Aber die Stiefmutter ließ sie nicht im Stich, die nicht. «Schmeißt du sie vorn raus, laß ich sie zur Hintertür wieder rein.»

Frau Weiß nahm endlich die letzte Stecknadel aus dem Mund und warf einen prüfenden Blick auf die Kostümjacke: «Ich denke, so wird's gehen. Jetzt mache ich uns eine schöne Tasse Kaffee.»

Während sie Wasser in den elektrischen Topf goß, griff Nora nach dem Postkartenalbum, das auf einer kronenbestickten Damastserviette wie ein kostbares Relikt auf einer Kommode lag. Die Karten stammten noch aus der Zeit vor dem Ersten Weltkrieg und besaßen einen beträchtlichen Sammlerwert.

Nora beobachtete Frau Weiß, wie sie zwei Goldrandtassen auf den Couchtisch stellte. Die Achtzigjährige wirkte hinfälliger als sonst, und ihre Hände zitterten leicht.

«Sie sehen müde aus, sie sollten lieber das Album verkaufen, als sich so abzuplagen. Dafür gibt's bestimmt gutes Geld», sagte Nora und spürte gleichzeitig, daß sie sich diesen Rat besser verkniffen hätte. Frau Weiß ging denn auch nicht darauf ein. Sie warf Nora nur einen schrägen Blick zu, wischte vorsichtig über den roten Samtband – «Daß mir kein Fettfleck draufkommt!» – und legte ihn wieder auf die Kommode zurück. Dann griff sie sich noch einmal das Kostüm, und die Art, wie sie es verächtlich hin und her wendete, nahm Nora jede Freude daran.

«Richtig mit der heißen Nadel genäht», mäkelte Frau Weiß, «überall hängen die Fäden raus. Die Knöpfe werden wohl auch nicht lange halten, und reine Wolle ist das auch nicht.» Ihr Gesicht wurde wieder etwas freundlicher. «Aber sitzen, sitzen tut's jetzt tadellos.»

6

Das Klassentreffen begann mit den gewohnten Aufschreien – «Nein, Gudrun! Wiltrud, du auch hier?» – und stürmischen Begrüßungen. Wer sich einige Jahre nicht gesehen hatte, erschrak über die Falten und die veränderte Figur des anderen, aber die gewohnten Bewegungen und Redensarten zauberten sehr schnell wieder das vertraute Bild hervor. Die Ehefrauen sprachen jetzt kaum noch von ihren Männern, sondern nur noch von den erwachsenen Söhnen und Töchtern, und zeigten stolz die Bilder der Enkelkinder herum. In ihren Schilderungen waren alle Söhne überaus erfolgreich, hatten «führende» Positionen oder waren «gesuchte» Ärzte und Rechtsanwälte. Die Töchter tummelten sich mehr als Lehrerinnen in Sonderschulen, waren Heilpädagoginnen, Krankengymnastinnen oder Logopädinnen. Nur eine gab es unter ihnen, die war irgend etwas – die Mutter sagte es leise – bei der Post.

Mütter, deren Söhne sich mit der beruflichen Karriere nicht gerade übereilten, gerieten bei diesen Gesprächen etwas ins Hintertreffen. Sie priesen dafür um so heftiger das soziale Engagement ihrer Sorgenkinder – ganz gleich, ob es dabei um Behinderte oder um Umweltschutz ging –, das allein sie daran hindere, ihr Studium abzuschließen. Friedel Behnke, deren Sohn mittlerweile beim dritten Studium angelangt war, weinte beinahe, als Nora den Witz vom Studenten erzählte, der vom Bafög übergangslos in die Berufsunfähigkeitsrente gewechselt war. Sie tuschelte empört ihrer Nachbarin zu, Nora habe schon als Mädchen so etwas «Zersetzendes» gehabt. Nach dem Essen, als sie zu Lilos Haus gefahren waren, kam Jung-Behnke, um seiner Mutter zu eröffnen, daß er sie leider nicht nach Hause zurückbringen könne. Sein Auto sei kaputt.

«Schon wieder?» sagte Friedel gereizt.

«Na ja», erwiderte der Sohn und lächelte blauäugig in die Runde. «Du kennst doch meinen Schrotti!» Er küßte seiner Mutter galant die Hand und versprühte zehn Minuten lang mühelos Liebenswürdigkeit und Witz, ehe er im teuren Sportwagen – «Nur für ein paar Stunden geliehen, Mama!» – wieder davonbrauste.

Alles war von diesem schwarzen Schäfchen entzückt: «Wie gut er aussieht und was für ein Charme! Wirklich ein reizender Junge.» Ehe aber Friedels Mutterherz so richtig aufblühen konnte, hatte sich das allgemeine Interesse bereits Huberta zugewandt, denn sie bot die Sensation des Tages: Sie hatte sich liften lassen! Sie sah, das mußte man zugeben, tatsächlich um Jahre jünger aus. «Glück gehabt», meinte Lilo leise zu Nora. «Ich weiß von einem Fall, da war die Betreffende hinterher nicht mehr in der Lage, den Mund richtig aufzumachen. Sie konnte nur noch Flüssiges zu sich nehmen.» Trotzdem kam Nora der Verdacht, daß ihre Freundin entschlossen war, sich dieser Tortur ebenfalls zu unterziehen.

«Darf ich mir noch einen Obstsaft holen?» fragte Nora. Während sie in den musterhaft aufgeräumten Küchenschubladen nach dem Flaschenöffner suchte, sagte jemand an der Tür: «Oh, ich dachte, das wäre das Bad.»

Nora drehte sich um. «Ach du, Wiltrud. Ich kann den verdammten Öffner nicht finden.»

«Nehmen wir den solange», sagte Wiltrud und nahm ihn vom Haken, wo er neben Suppenkellen, Schaumlöffeln und Teesieben vor Noras Nase an einem Teakholzbrett hing.

«Man merkt doch gleich den geschulten Hausfrauenblick», sagte Nora.

«Reine Übungssache», erklärte Wiltrud, «ich muß mich ja dauernd in fremden Haushalten zurechtfinden.» Es stellte sich heraus, daß Wiltrud, zwei Jahre älter als Nora, bereits große Erfahrung mit der Rentenaufbesserung durch Gelegenheitsjobs besaß, während Nora gerade die ersten beiden Versuche hinter sich hatte.

«Stell dir das nicht so leicht vor», warnte sie Nora, «die Länge macht die Last. Insgeheim finden sie doch alle, daß du für deine Arbeit viel zuviel Geld bekommst.»

«Bis jetzt bin ich überall sehr großzügig behandelt worden.»

«Mag schon sein, du machst es ja auch noch nicht lange.» Wiltrud schloß einen offenstehenden Schrank. «Jedenfalls triff immer genaue Abmachungen, sonst kannst du dein blaues Wunder erleben. Mir ist schon passiert, daß die Familie verreiste, und am nächsten Morgen standen die Handwerker vor der Tür, um das Parkett abzuspänen oder die Zimmer zu renovieren. Ich war dann drei Wochen lang am Saubermachen und Einräumen.»

Nora, die gerade anfing, an ihrer neuen Tätigkeit Gefallen zu finden, wollte davon nichts hören.

«Es gibt schließlich auch sehr nette Familien, und ich kann zur Abwechslung mal in einem Geschäft arbeiten, wie neulich in München, oder Urlaubsvertretungen als Sekretärin machen. Ich laß mich schon nicht ausnützen und hab auch nicht die Absicht, mich zu Tode zu schuften. In ein paar Jahren hab ich vielleicht genug gespart, daß ich davon mit der Rente zusammen auskommen kann.»

«Lebst du auf dem Mond?» unterbrach sie Wiltrud. «Wir haben eine flotte Inflation, und der Staat ist pleite. An unsere Renten gehen sie bestimmt auch noch ran.»

«Aber das ist doch ungesetzlich!» rief Nora.

«Von uns alten Frauen gibt's mehr als genug, da hat die Natur am Bedarf vorbeiproduziert. Unsere Lebensqualität besteht höchstens aus *raboti-raboti*!» Sie kehrten zu den anderen zurück, und Wiltrud gab einige komische Geschichten zum besten, die sie beim Einhüten erlebt hatte.

«Doch schön für dich, noch eine Aufgabe zu haben», äußerte jemand unbedacht zu Wiltrud. Ihr Gesicht verzerrte sich.

«Eine Aufgabe?» rief sie schrill. «Na, ich denke, davon hatte ich überreichlich im Leben.»

Einen Augenblick herrschte betretenes Schweigen, denn es war bekannt, daß man die unverheiratete Wiltrud in ihrer großen Familie dauernd als Pflegerin ausgenutzt hatte. Zum Schluß war noch eine Tante an ihr hängengeblieben. Außer Gottes Lohn hinterließ sie ihr eine Bibel, wenn auch eine wertvolle, während irgendein Neffe, der sich höchstens am Geburtstag der Tante blicken ließ, alles andere erbte: das Häuschen, die Teppiche und die Münzsammlung.

«Und du», sagte Wiltrud zu Nora, «mußt auch bei fremden Leuten rumkrauchen, bis du umfällst.»

«Nora hat immer noch mich», meinte Lilo. «Vielleicht ziehen wir auf unsere alten Tage zusammen, nicht wahr, Nora?»

«Reiche mögen Arme um sich haben», spottete Wiltrud.

«Ich bin doch nicht reich!» Lilo war ehrlich erstaunt.

«Nun laßt doch, Kinder», sagte Friedel Behnke, und sie wechselten das Thema.

Für die meisten aus der Klasse waren «die schönsten Jahre im Leben einer Frau» kein Zuckerlecken gewesen, ganz gleich, ob sie nun verheiratet oder ledig geblieben waren. Ihre im Stolz gebeutelten, zusammengeschossenen Männer waren nicht immer leichte Partner gewesen. Die in den Nachkriegsjahren herangewachsene Brut war schwierig geblieben und ließ sich länger füttern als jede Generation davor.

Erst nach Mitternacht trennte man sich, und die Gäste fuhren, soweit sie nicht bei Lilo untergebracht waren, in ihre Hotels. Nora kehrte in ihr schweigendes Hochhaus zurück, das sie nur noch aus einem erleuchteten Fenster über dem Eingang mißtrauisch anblinzelte, als sie sich wie gewöhnlich mit dem Türschloß abplagen mußte. Sie fuhr mit dem Fahrstuhl in ihr Stockwerk und versuchte, möglichst leise den Flur entlangzugehen. Bedauernd verzichtete sie auf ein Bad. Das ablaufende Wasser würde dem Mieter unter ihr das Gefühl geben, von einer Sturmflut überrascht worden zu sein. Während sie sich auszog, kehrten ihre Gedanken zum Klassentreffen zurück, vor allem zu ihrem Gespräch mit Wiltrud. Sie ist bloß verbittert, dachte Nora, so schlimm sieht die Zukunft bestimmt nicht aus. Schläfrig zog sie sich die Bettdecke hoch. Ein lautes Poltern ließ sie noch einmal auffahren. Irgend jemand hatte wohl wieder einmal leere Flaschen in den Müllschlucker geworfen.

Am nächsten Morgen klingelte es ungewöhnlich früh bei Nora. Vor ihrer Tür stand eine junge Frau. Es war die Enkelin der alten Frau Weiß. Sie berichtete aufgeregt, ihre Großmutter habe nachts einen Schwächeanfall bekommen und sei in ein Krankenhaus gebracht worden.

«Wo laß ich jetzt bloß den Kanarienvogel!» Sie sah Nora bittend an.

«Ich nehm ihn schon.» Nora machte sich Vorwürfe, daß sie dem nächtlichen Gepolter nicht auf den Grund gegangen war.

Die Enkeltochter sah der Großmutter auf eine bläßliche, nervöse Weise ähnlich und hatte die gleiche, etwas schrille Stimme. Nora folgte ihr in die Wohnung der Großmutter, wo eine Sozialarbeiterin der Wohnungsgesellschaft bereits auf sie wartete. In dem vollgestopften Zimmer konnte man sich kaum bewegen, die dunkle Tapete mit den Ornamenten glänzte speckig vor Alter, und jedes freie Plätzchen war vollgestellt mit Kakteentöpfen.

Die Enkelin fuhr sich durchs Haar. «Eigentlich müßte ich hier mal alles renovieren lassen, solange Oma noch im Krankenhaus ist. Und ein richtiges Bett braucht sie auch. Diese Kippcouch ist ja lebensgefährlich.» Die Sozialarbeiterin, deren nikotingefärbte Finger bisher damit beschäftigt gewesen waren, eine Zigarette nach der anderen zu drehen, ließ vor lauter Protest fast den Tabak fallen.

«Sie können hier unmöglich etwas verändern! Die alte Frau braucht ihr vertrautes Umfeld, wenn sie aus dem Krankenhaus zurückkommt.»

«Wie Sie meinen.» Die Enkelin war nur zu gern bereit, ihren zeitraubenden, kostspieligen Plan aufzugeben. Sie sah auf die Uhr. «Schon so spät? Ich muß mich beeilen. Meine Kinder kommen bald aus der Schule, und ich hab nichts fürs Mittagessen eingekauft.»

Nora versprach, sich auch um die Kakteen zu kümmern, sie zu gießen und die Wohnung zu lüften. Dann zog sie mit dem Kanarienvogel ab. Sie überlegte, wo sie den Käfig hinstellen sollte, und entschloß sich für den Teewagen. Der Vogel machte einen etwas verstaubten Eindruck und verlor bei jeder Bewegung einen Haufen Federn. Ihr fiel der Metzgersohn Alphons aus Bayern ein, dessen Kanari vor Heimweh gestorben war. Sie versuchte, das Tierchen ein wenig aufzumuntern, indem sie ihm etwas vorpfiff, mußte aber feststellen, daß sie diese Kunst nicht mehr so recht beherrschte. Jedenfalls flatterte er wild im Käfig herum und fiel in den Wassernapf. Auch das prächtige Salatblatt, das sie ihm zwischen die Gitterstäbe steckte, und der Gesang der «Abbas» im Radio stimmten ihn nicht fröhlicher. Stumpf hockte er wieder auf der Stange und gab keinen Pieps von sich.

Die mitleidige Nora raffte sich am Sonntag vormittag auf und fuhr ins Krankenhaus. Frau Weiß lag in einem Dreibettzimmer und hörte sich im Radio den Internationalen Frühschoppen an. Sie legte den Zeigefinger an die Lippen.

«Pst! Es is gerade 'ne Dame dran. Damen sind viel vernünftiger als Herren. Die sollten mal 'ne Dame zum Bundeskanzler machen, dann ging's uns besser!» Sie sah sich beifallheischend um, aber eine Patientin schlief fest, und die andere hatte das Zimmer verlassen. Dann bedankte sie sich für Noras Usambaraveilchen, sagte aber, Blumentöpfe wären verboten. Und überhaupt sei jetzt keine Besuchszeit. Es gäbe gleich Mittagessen, und was Schwester Ingrid dazu sagen würde, wenn sie Nora dasitzen sähe, das wisse sie wirklich nicht. Sie runzelte die Stirn. «An Ihrer Jacke fehlt ein Knopf!» Nora fühlte sich überflüssig. Sie erhob sich und verabschiedete sich ein wenig verstimmt. Man erwartete ja keinen Dank, aber nach ihrem Kanarienvogel hätte sich Frau Weiß wenigstens erkundigen können.

Am Nachmittag kam Lilo vorbei mit einer Flasche Campari, den Einkaufskorb voller kleiner Kuchen aus einer teuren Konditorei. Sie hechelten das Klassentreffen durch und stellten voller Befriedigung fest, wie alt doch die anderen geworden waren. Während sie so redeten, wurde Nora das Gefühl nicht los, daß Lilo irgend etwas Unangenehmes im Schilde führte. Endlich ließ ihre Freundin die Katze aus dem Sack: «Hättest du nicht Lust, mit Melle vierzehn Tage an die See zu fahren?»

«Nicht schon wieder Melle!» rief Nora abwehrend, der unvermeidlichen Niederlage bereits ergeben ins Auge blickend.

Lilo war beleidigt: «Auf dem Klassentreffen hast du große Töne gespuckt und dich bewundern lassen, wie patent du bist, und jetzt kneifst du bereits.»

«An Melle habe ich dabei nicht gedacht», sagte Nora mürrisch.

Lilo ging nicht darauf ein. «Sylt um diese Jahreszeit, lockt dich das denn gar nicht? Und eine eigene große Wohnung, direkt am Strand.»

«Und warum fährst du nicht selber?»

«Ich hab schon meinem Ältesten versprochen, auf seine beiden Mädchen aufzupassen. Er möchte einmal mit seiner Frau ohne Kinder verreisen. Für die Ehe ist das wichtig.»

«Dann muß Melle eben zu Hause bleiben.»

«Kurtchen wird im Herbst von seiner Firma nach Japan geschickt», erklärte Lilo, «da möchte er sich vorher mit Margrit in Tokio nach einem geeigneten Haus umsehen. Nächste Woche wollen sie abfliegen. Der Arzt empfiehlt dringend einen Klimawechsel für Melle. Du weißt doch, sie hat's ewig mit den Bronchien.»

«Ich weiß nur, daß wir uns dauernd nach den Wünschen der Kinder richten sollen», sagte Nora. «In unserer Jugend war's genau umgekehrt. Außerdem, wozu gibt es Kinderheime?»

«Kannst du dir Melle in einem Kinderheim vorstellen?» sagte Lilo.

Nora kam ein rettender Einfall. «Solange Frau Weiß im Krankenhaus ist, kann ich sowieso nicht weg. Wie du siehst, habe ich ihren Kanarienvogel in Pflege genommen.»

«Mußtest du mal wieder den Samariter spielen? Na gut, wir werden sehen.» Lilo war völlig überzeugt davon, daß sich alles zu ihren Gunsten regeln würde.

«Mein lieber kleiner Hansi.» Nora blickte, nachdem Lilo gegangen war, den Kanari fast zärtlich an.

«Keine Bange, ich laß dich nicht im Stich.» Sie füllte ihm neues Wasser in seinen Napf und wischte zum x-ten Mal die Federn von der Teewagenplatte. Dann ging sie nach oben in Frau Weiß' Wohnung, um dort nach dem Rechten zu schauen. Sie hob eins von Frau Weiß' Haarnetzen auf, das wie eine Wollmaus auf dem Teppich lag, und betrachtete sich dann das Bild des Schlosses über dem Sofa, in dem Frau Weiß ihre glücklichsten Jahre verbracht hatte. Denn was danach kam, war recht düster gewesen.

Sie hatte ihren nur mäßig geliebten Paul geheiratet und war mit ihm in die Großstadt gezogen, wo er auf dem Bau arbeitete. Ein Unfall machte ihn zum Frühinvaliden, der im Gasthaus herumsaß und jeden Groschen vertrank. Kurz vor dem Ausbruch des Zweiten Weltkrieges war er gestorben, und die einzige Tochter kam bei einem Bombenangriff ums Leben. Nach dem Kriege hatte Frau Weiß Steine geklopft, um für sich und die Enkelin die Lebensmittelkarte für Schwerstarbeiter zu bekommen.

Nora holte sich die kleine Gießkanne vom Fensterbrett und begann die Kakteen zu gießen. Dabei kippte ihr ein Topf um, und ein Kaktus von der Größe eines Vogeleis ging zu Bruch. Sie fegte Scherben und Erde auf und nahm sich vor, am Wochenende in einem Blumenladen einen neuen zu kaufen. Aber dazu sollte sie nicht mehr kommen. Zwei Tage später wartete sie wieder einmal endlos auf den Fahrstuhl. Schließlich kam er ächzend und knarrend heraufgefahren. Die Tür ging auf, und vor ihr stand Frau Weiß. Sie begrüßte Nora in ihrer gewohnten muffigen Art, wobei ihr Hinterteil die Tür blockierte. Von oben wurde ungeduldig an die Fahrstuhltür geklopft. «Was ist das nur wieder für ein verdammtes Gemähre!»

Wie eine drohende Vision tauchte plötzlich Melle vor Noras Augen auf. Sie seufzte und holte den Kanarienvogel, um ihn der alten Frau zurückzubringen.

Frau Weiß hatte bereits für sie die Wohnung einen Spalt aufgelassen. Als Nora hereinkam, stand sie noch in Hut und Mantel im Zimmer und starrte auf ihr Lieblingsbild über dem Sofa. Das Schloß, durch die Sonne in helles Licht getaucht, schien mit Leben erfüllt. Frau Weiß brauchte keine Zeitmaschine. Sie war längst zurückgeschlüpft in ihr schwarzes Servierkleidchen mit dem gestärkten weißen Kragen. Jetzt war sie im Saal, jetzt in dem kleinen Erker, die «Träumerei» genannt, in dem nur für zwei Personen Platz war, und reichte der Herrschaft den Mokka.

«Wirklich, ein schönes Bild», sagte Nora eine Spur zu mitleidsvoll.

Die alte Frau fuhr wie ertappt zusammen und sah sie abweisend an. Dem Kanarienvogel, der sich unter Noras Pflege sichtlich erholt hatte, gönnte sie nur einen flüchtigen Blick.

«Lebste immer noch, altes Viech?» Sie stelzte vor sich hinnörgelnd durch das Zimmer. «'n Maler hätte nich geschadet, und 'n neues Bett hatten sie mir auch versprochen.» Sie zupfte an den Kakteen herum.

«Hier stand doch immer so'n Kleiner? Wo ist denn der geblieben?»

«Er ist mir beim Gießen heruntergefallen», sagte Nora verlegen. Frau Weiß vermerkte es mit Befriedigung. Ihr Gesicht entspannte sich.

«Ich sag's ja immer, fünf linke Daumen, wie das gnädige Fräulein.»

7

Wie vorauszusehen gewesen war, hatte Lilo sich durchgesetzt. Ein paar Tage nach Frau Weiß' Rückkehr stieg Nora in den Zug nach Westerland. Während ihre Freundin mit dem Gepäck und Melle beschäftigt war, lamentierte Nora im stillen vor sich hin: Daß mir das wieder passieren muß! Dieses vorlaute Kind wird noch zum Alptraum! Allerdings war das Geld, das Lilo ihr angeboten hatte, eine recht angenehme Entschädigung. Lilo schien zu spüren, was in Nora vorging.

«Melle wird ganz artig sein, sie hat es mir fest versprochen, nicht wahr?» Statt einer Antwort drängelte sich Melle blitzschnell an einem älteren Herrn vorbei und setzte sich auf dessen belegten Fensterplatz.

«Hier sitze ich, mein Kind», sagte der Herr nicht unfreundlich, aber bestimmt.

«Schleich dich», sagte Melle. Lilo verabschiedete sich hastig. «Ich muß raus, der Zugführer gibt schon das Zeichen.» Damit eilte sie den Gang entlang und überließ es Nora, sich bei dem aufgebrachten Herrn zu entschuldigen. Wenn wir doch bloß schon da wären, dachte Nora. Sie war überzeugt davon, daß Melles Mutter, die Flugreisen sonst wenig schätzte, ihren Mann nur deshalb nach Japan begleitet hatte, um ihre ebenso anstrengende wie altkluge Tochter eine Zeitlang los zu sein.

Nora hatte zu kleineren Kindern ein geteiltes Verhältnis. Zwar bewunderte sie die Raffinesse, mit der sie ihre Mütter manchmal an den Rand der Hysterie brachten und es verstanden, sie mit scheinbarer Arglosigkeit vor Besuchern bis aufs Mark zu blamieren. Aber oft genug fühlte sie sich in ihrer Gegenwart eher unbehaglich und wußte nichts Rechtes mit ihnen anzufangen.

Sie betrachtete sich Melle, die auf ihrem Sitz herumzappelte. Das Kind war mal wieder viel zu dünn angezogen. Außerdem trug es diese ausgelatschten Tennisschuhe, durch die jeder Regentropfen drang. Kein Wunder, daß sie sofort aufs Klo mußte. Melle wirkte überanstrengt. Wahrscheinlich kam sie viel zu spät ins Bett. Kaum hatte sich der Zug in Bewegung gesetzt, schlief sie ein.

Während der ganzen Fahrt kreisten Noras Gedanken um Melles Eltern und Lilo. Die Schwiegertochter ihrer Freundin war bereits über dreißig gewesen, als Melle, die eigentlich Melanie hieß, zur Welt kam. Natürlich mußte Lilos Kurtchen bei der Geburt dabeisein. Er traute sich nicht, seiner Frau diesen Wunsch abzuschlagen, obwohl er sonst beim Anblick seines eigenen Blutes fast ohnmächtig wurde. Aber hinterher hörte er zu Lilos Befremden gar nicht mehr auf, von Nabelschnur und Nachgeburt zu reden, und genierte sich nicht, in ihrer Gegenwart am Wochenbett mit dem Arzt zu fachsimpeln. Doch der Gynäkologe, ein humorvoller, gemütlicher Typ, war da an ganz anderes gewöhnt. «Ja, ja, die jungen Väter», hatte er geseufzt. «Manchmal sind sie schon eine rechte Last. Neulich ist mir einer mit seiner Polaroidkamera bei der Geburt ständig im Weg gewesen, und die Mutter hat das Foto ihres Kindes eher zu Gesicht bekommen als das Original.»

Es machte Lilos früher so etepetetem Kurtchen auch plötzlich nichts mehr aus, die Windeln seiner Tochter zu wechseln. «Margrit hat ihn ganz schön unterm Daumen», beklagte Lilo sich bei Nora, nachdem ihr die Schwiegertochter ziemlich deutlich zu verstehen gegeben hatte, daß sie auf die Ratschläge ihrer Schwiegermutter gut verzichten konnte und allzu häufige Besuche nicht schätzte. «Auf uns junge Frauen wurde damals überhaupt keine Rücksicht genommen. Ich mußte meine Küche mit der Schwiegermutter teilen, und dann kam sie auch noch dauernd in unser Schlafzimmer gelatscht. Gar nicht zu reden von den Vorträgen über Kindererziehung, die ich mir anhören mußte.» Nora hatte sich die Bemerkung verkniffen, warum dann Lilo den gleichen Fehler mit ihrer Schwiegertochter machte.

Margrit hielt sich denn auch lieber an Fachbücher. Sie las so viele davon, daß sie eine Dissertation darüber hätte schreiben können. Hautkontakt war wichtig für das Urvertrauen; deshalb schleppte sie das Baby ständig in einem Tragetuch mit sich herum. Auch gab es da eine Theorie, nach der man möglichst selten die Windeln wechseln sollte.

«Hast du so was schon gehört?» hatte Lilo Nora gefragt.

«Nein», sagte Nora ziemlich desinteressiert.

«Die Exkremente sind das erste schöpferische Produkt», klärte Lilo sie auf. «Und nun können sich die beiden nicht einig werden, was schädlicher für Melle ist – ein wunder Po oder die Frustration, die das Kind womöglich bekommt.»

Auch über das Für und Wider eines Schnullers wurde lang und breit diskutiert. Bis Melle das Problem auf ihre Art löste. Sie riß mit zwei Jahren einem Besuchskind dieses Beruhigungsmittel aus dem Mund und weigerte sich, es wieder herauszurücken. Später rannte das Kind nur noch mit einem Teefläschchen zwischen den Zähnen herum, bis Margrit ein Zeitungsartikel in die Hände fiel, der eindringlich die verheerenden Folgen beschrieb, die dieser gesüßte Tee bei den Zähnen anrichtete. Seitdem war das «Gugu», diese scheußliche Windel, Melles Narkotikum. Davor hatte es große Aufregung gegeben, weil Melle, anstatt zu krabbeln, gleich mit dem Laufen anfing. Die Hirnströme des Kindes wurden ein dutzendmal gemessen, aber abgesehen davon, daß Melle einen der Ärzte kräftig biß, stellte sich nichts Beunruhigendes heraus.

Melle durfte einfach alles. Wände beschmieren, Bücher bekritzeln, Zunge herausstrecken. «Nur die Eltern bei ihren Vergnügungen stören darf sie nicht», sagte Lilo bissig zu Nora. «Denn auf Reisen soll natürlich nicht verzichtet werden. Sogar in Rom waren sie schon mit dem armen Kind.»

«Mit der Bildung kann man gar nicht früh genug anfangen!» sagte Nora spöttisch.

«Dein Enkelkind ist's ja nicht.» Lilo schien beleidigt zu sein.

Als Nora und Melle in Westerland ankamen, goß es in Strömen. Im Handumdrehen waren alle Taxen weg. Reichlich durchfeuchtet kamen sie schließlich vor ihrem Quartier an. Das Appartementhaus, eine der üblichen Scheußlichkeiten, lag nicht weit vom Strand entfernt; das war auch so ziemlich das einzig Gute, was man von ihm sagen konnte. Die kleine Parterrewohnung roch muffig, die Terrasse war mit Zigarettenstummeln übersät, die man von den oberen Wohnungen über die Balkonbrüstung geschnippt hatte. Melle schoß gleich ins Zimmer und kippte die Tasche mit den Spielsachen auf dem Boden aus, während Nora in der Küche nach Bechern und einem Milchtopf suchte. Die Türen der Küchenschränke waren allesamt verzogen und ließen sich nur mit lautem Knall schließen, so daß Nora jedesmal von ihrem eigenen Lärm erschrak.

Am nächsten Vormittag machte sie sich mit Melle auf den Weg zur Kurverwaltung. Sie brauchten fast zehn Minuten, um trotz der heranrasenden Autos unbeschädigt auf die andere Straßenseite zu gelangen.

«Jagdzeit!» rief neben ihnen ein Familienvater, der mit drei Kindern zum großen Sprung ansetzte.

Vor dem Kurkartenschalter reihte sich Nora in die Schlange ein und hörte mit halbem Ohr zwei Strandwärtern zu, die auf einer Bank im Vorraum des Kurhauses saßen. «Albert», sagte der eine, «das sind doch nun erwachsene Menschen, aber was soll ich dir sagen, noch nicht den Koffer ausgepackt und schon an den Strand getobt und sich 'ne Burg geschaufelt. Vor lauter Angst, daß sie keinen Platz mehr kriegen. Und dann nachts Windstärke acht, alles plattgewalzt, wie'n Tennisplatz.» Sie lachten.

Die Strandkörbe standen so dicht, daß man vor lauter Burgen das Meer kaum sah. Nora war das egal, Hauptsache, sie hatte ihre Ruhe. Schläfrig sah sie zu, wie Melle eine Burg für eine schmutzige zerzauste Stoffpuppe baute.

«Warum hast du denn dieses Scheusal mitgenommen?» fragte Nora, denn soweit sie sich erinnern konnte, hatte das Kind viele herrliche Puppen.

«Weil sie dran ist!» Die Puppe war ein Findling aus dem Sperrmüll. Jeden Tag suchte Melle eine andere Puppe zum Spielen aus, und am Tage der Abreise war diese drangewesen. Gerecht ist sie, dachte Nora, das muß man ihr lassen. Melle zog sich die Badehose hoch. «Ich geh ins Wasser.»

«Aber so, daß ich dich sehen kann», sagte Nora. Melle hüpfte davon. Der Korbwächter kam, um die Kurkarten zu kontrollieren. Ein Horn ertönte. Nora sah ihn fragend an.

«Wird wohl wieder einer zu weit rausgeschwommen

sein», erklärte er und musterte wohlwollend einen entblößten Busen im Nachbarkorb. Aber als der dazugehörige Kopf hinter der Zeitschrift zum Vorschein kam, wandte er sich abrupt wieder Nora zu.

«Nicht zu glauben, wie unvernünftig die Leute sind. Gleich am ersten Tag stürzen sie sich bei siebzehn Grad Wassertemperatur ins Wasser und wundern sich dann, wenn sie einen Kreislaufkollaps kriegen. Und gebadet wird grundsätzlich bei den Schildern ‹Achtung Buhnenreste›.» Er kam ordentlich in Rage. «Steine und Holz schleppen sie jede Menge in ihre Burgen, und wenn Hochwasser kommt und wir die Körbe bergen müssen, haut uns das ganze Zeugs ins Kreuz!» Er tippte an die Mütze – «Schönen Tag noch!» – und ging.

Melle war inzwischen zurückgekehrt. Sie war auffallend still und hatte einen fast andächtigen Ausdruck.

«Was ist?» fragte Nora.

«Der Junge da», flüsterte Melle. Nora sah einen unauffälligen, mit ziemlichen O-Beinen ausgestatteten Sieben- bis Achtjährigen in einer Nachbarburg im Sand liegen, ein Comic-Heft vor der Nase.

«Was ist mit ihm?»

«Er soll mit mir spielen», erklärte Melle.

«Was heißt, er soll?» sagte Nora tadelnd. «Vielleicht hat er keine Lust dazu.»

Melle murmelte etwas Unfreundliches und versuchte, den Jungen auf sich aufmerksam zu machen. Sie sang ziemlich falsch Teile eines Schlagers, der gerade in Mode war. Dann robbte sie sich an die Nachbarburg heran. Als der Junge sie weiterhin ignorierte, bewarf sie ihn mit Sand.

Er sah unwillig auf. «Laß das gefälligst.»

«Siehste», sagte Nora.

Der erste Tag war sehr heiß, und die Kühle im Fischladen tat Nora wohl, als sie Krabben fürs Abendbrot kaufte. Der Verkäufer beugte sich über den Ladentisch:

«Heiß? Heiß war's voriges Jahr. Da hätten Sie hier sein sollen. Dreißig Grad im Schatten und nur Ostwind. Der Sand wie in Afrika. Und ins Wasser konnte auch keiner – zu viele Quallen. Da sind die Kurgäste in meinen Laden gekommen und reihenweise umgekippt. Der Temperaturunterschied, verstehen Sie?»

Nora genoß das Strandleben. Melle hatte es durchgesetzt, daß sich der Junge aus der Nachbarburg hin und wieder mit ihr abgab. Sie war voller Geschichten über ihren neuen Freund. Er konnte auf den Händen laufen, auf den Fingern pfeifen und war ein großer Angler, der fast schon mal einen Wal gefangen hatte. Nora war Melles Freundschaft nur recht. Das Kind war beschäftigt, und sie konnte in Ruhe ihren Pullover zu Ende stricken.

An einem weiteren schönen Tag mit kräftigem Wind und starker Brandung war das Kind plötzlich weg. Nora reckte sich im Strandkorb hoch, um zu sehen, ob Melle bei ihrem Bernie war. Aber die Burg war leer. Die Familie schien bereits nach Hause gegangen zu sein. Sie fragte die Burgnachbarn rechts und links und ließ Melle schließlich vom Bademeister ausrufen. Das Kind meldete sich nicht. Nora malte sich die furchtbarsten Dinge aus: Melle war in den Dünen herumgeklettert und vom Sand verschüttet worden. Oder sie hatte zwischen den Tetrapoden gespielt und steckte nun in den Betonklötzen fest.

Ganz aufgelöst lief Nora zum Appartementhaus zurück. Auf der Treppe vor der Eingangstür kauerte eine kleine Gestalt. Es war Melle mit ihrem großen hellblauen Schutenhut auf dem Kopf, den sie sich während eines Schaufensterbummels von Nora erquengelt hatte.

«Wie konntest du weglaufen?» rief Nora aufgebracht. «Ich hab mich halb zu Tode geängstigt.»

«Ich war doch bloß bei Bernie», murmelte Melle und kratzte heftig ihren linken Handrücken. «Er hat Federball auf der Straße gespielt – mit einem fremden Mädchen.»

«Was bist du nur für ein ungezogenes Ding!» Nora kramte den Hausschlüssel aus ihrer Strandtasche.

«Er hat mich nicht mitspielen lassen. Er hat gesagt: ‹Scher dich in den Kindergarten am Strand, da gehörst du hin.›»

In Noras Erinnerungen tauchte plötzlich wieder Martha Zischke auf, der Mittelpunkt der ersten Klasse in der Volksschule. Für jedes Mädchen gab es nur ein Ziel – mit der Schuhmachertochter befreundet zu sein. Nora hatte ihre Mutter angefleht, die Schuhe für sie bei Zischke zu kaufen und nicht in der Stadt. Während des Unterrichts hatte sie Martha verstohlen darauf aufmerksam gemacht – *Zeigt her eure Füßchen, zeigt her eure Schuh!* – aber Martha sah weiter über sie hinweg, als wäre sie ein Kindergartenkind.

«Quallengesicht», murmelte Melle und kratzte sich wieder. «Seh ich wie 'ne Qualle aus?» Sie sah Nora unglücklich an.

So ganz unrecht hatte Bernie nicht. Durch die Farbe des Hutes bekam Melles trotz der Seeluft noch immer blasses Gesichtchen tatsächlich einen Stich ins Bläulich-Wäßrige.

«Ist doch nur ein dummer Junge», sagte Nora etwas hilflos.

«Is er nich!» verteidigte ihn Melle und schnüffelte.

Nora zermarterte sich ihr Gehirn nach etwas Tröstlichem. Dann kam ihr der rettende Einfall.

«Ich finde», sagte sie, «du siehst eher aus wie eins der Mädchen auf deinem Sonnenschirm.» Nora hatte die Bekanntschaft der Malerin Sarah Kay erst durch Melle gemacht. Ihre Kinderfiguren zierten Melles Handtücher, Waschlappen und T-Shirts.

Melle hörte auf, sich zu kratzen. Sie strahlte. «Wenn ich fünf bin, mach ich alles anders, ich versprech's dir», sagte sie.

Merkwürdig, was Kinder heutzutage so von sich geben, dachte Nora. Wahrscheinlich lag es daran, daß sie ständig mit Erwachsenen zusammen waren. Auch Melle wurde in jedes Lokal mitgenommen und kroch bei

Partys bis spät in die Nacht den Gästen zwischen den Beinen herum.

Es gab diesmal keine Schwierigkeit, Melle ins Bett zu kriegen. «Erzähl mir die Geschichte von den drei kleinen Bären», sagte sie schläfrig.

Nora war überrascht. Am ersten Abend hatte Melle nichts davon hören wollen, sie hatte angefangen zu gähnen und gemault, ihre Märchenplatten zu Haus wären viel schöner. Nora war beleidigt gewesen. «Es war das Lieblingsbuch deines Vaters», hatte sie gekränkt gesagt.

«Willst du wirklich die Geschichte von den drei Bären hören? Ich denk, du magst sie nicht?» fragte Nora.

«Heute mag ich sie», sagte Melle und puffte sich das Kopfkissen zurecht.

«Jochen, Puhs und Wollbäckchen», begann Nora, «waren drei allerliebste Bärenjungen. Ihr Fell war vom allerweichsten Plüsch . . .»

Nora erwachte früher als sonst. Sie ging zum Fenster und schob die Gardine beiseite. Das Wetter versprach gut zu werden. Im Nebenzimmer hörte sie Melle leise singen. Nora ging zu ihr. Melle saß im Bett und spielte mit der Puppe, die dran war. Nora betrachtete sie mit Abneigung. Solche Puppen hatte es in ihrer Kindheit nicht gegeben. Diese hatte ja schon einen richtigen Busen!

«Was hältst du von einem Spaziergang vor dem Frühstück?» fragte sie.

Melle sprang sofort aus dem Bett. Hand in Hand gingen sie zum Strand hinunter. Sie schlenderten an den leeren Burgen vorbei, die Wasserkante entlang, sammelten Muscheln und sahen den Möwen zu, wie sie auf dem ruhigen Wasser wippten. Das Meer umspielte ihre nackten Füße, leckte an weggeworfenen Konservendosen, Bierflaschen und Treibholz und löschte ihre Fußspuren in Sekundenschnelle. Die Stimmung des Kindes wirkte gedämpft. Mit ernstem Gesicht sah sie einem jugendlichen Angler am Ende einer Buhne zu. Blitzschnell balancierte sie über die Steinquader. Ehe Nora begriff und «Laß das, Melle!» kreischen konnte, war es bereits geschehen. Das Kind hatte seiner ersten Liebe einen Schubs gegeben, so daß der Junge samt seiner Angel ins Wasser flog. Flink wie ein Wiesel war Melle wieder zurück, um bei Nora Schutz zu suchen.

«Du hast versprochen, dich zu bessern», schrie Nora.

Melle blickte erschrocken. «Bin ich denn schon fünf? Hab ich heut Geburtstag?»

8

Kurz vor der geplanten Abreise, als Nora sich auf Sylt zu erholen anfing und zu ihrem eigenen Erstaunen Melle ins Herz zu schließen begann, meldete sich Wiltrud, um zu fragen, ob sie nicht bei einer Familie Schaumburg die Hausfrau vertreten könne. Wiltrud hatte zwei Angebote auf einmal bekommen und befand sich nun in Verlegenheit. Nach kurzem Zögern sagte Nora zu. Zu Hause angekommen, hatte sie gerade Zeit, ihren Koffer umzupacken; dann mußte sie erneut aufbrechen.

Das «kleine Anwesen» der Schaumburgs, in der Nähe eines großen Flusses, wie man es Nora am Telefon beschrieben hatte, entpuppte sich als stattlicher, neoklassizistischer Bau mit Säulen und einer Sandsteintreppe auf einem parkähnlichen, sanft abfallenden Grundstück voller prächtiger alter Bäume. Die Hausfrau hatte Nora in das mit dem üblichen gefälligen Gemisch aus antiken Möbeln und modernen Grafiken und Skulpturen eingerichtete Wohnzimmer gebeten und war eifrig bemüht, ihre Familie ebenso aufzupolieren, wie es mit dem Renaissanceschreibtisch geschehen war. Er glänzte und funkelte wie ein Kronleuchter und wirkte ohne seine von Jahrhunderten geprägten Risse und Narben ausdruckslos wie ein geliftetes Gesicht.

Am längsten hielt sich Frau Schaumburg im Gespräch bei ihrem ältesten Sohn auf, dem «hervorragenden Diplomaten», weilte nicht ganz so lange bei Dorothea, der «befähigten Pädagogin», beschrieb danach die «steile Karriere» ihres Mannes und vergaß auch nicht, den heftig haarenden Bobtail zu ihren Füßen als «treu und wachsam» in ihre Lobpreisungen mit einzubeziehen. Nach einer kleinen Atempause kam sie auf Hedwig und Heidi, die beiden vierzehnjährigen Mädchen, zu sprechen, für die Nora engagiert worden war. Sie waren, wie ihre Mutter unter gereiztem Auflachen bemerkte, «entzückend originell».

Während Nora voll düsterer Vorahnungen an diesem Ausdruck herumrätselte – bedeutete er etwa, daß sie besonders schwierig waren? –, hatte Frau Schaumburg das Thema gewechselt. Ihr hübsches, immer noch faltenloses Gesicht unter dem zurückgekämmten Haar bekam einen geschäftlichen Ausdruck. «Ist Ihr Tagessatz nicht ein wenig hoch, Frau Lechow?» Wiltrud, die Frau Schaumburg kannte, hatte sich verpflichtet gefühlt, Nora vorzuwarnen. «Laß dich nicht von ihr drücken. Der Preis, den ich für dich ausgemacht habe, ist völlig korrekt.» Daher nahm Nora ihre Frage gelassen auf. «Den Haushalt macht ja weitgehend Frau Römer. Eine besonders tüchtige Person übrigens. Sie sollen mehr ein Auge auf die Mädchen haben.»

«Eben», sagte Nora trocken. «Ich trage die Verantwortung.»

Die Zwillinge waren inzwischen ins Zimmer gekommen. Sie ignorierten die Aufforderung ihrer Mutter, Nora zu begrüßen, warfen nur ein lässiges «Hallo» in den Raum und ließen sich über die Armlehnen in die beiden mit teurem Gobelinstoff bezogenen Ohrensessel fallen. Als die Rede auf die bevorstehende Reise kam, schoben sie einfach die Kopfhörer ihrer Walkmen, die sie wie Stethoskope um den Hals trugen, wieder über die Ohren. Die Eltern wollten jetzt Ferien machen. Sie hatten sich in Irland ein Haus mit eigenem Fischgewässer gemietet, und Frau Schaumburg schwärmte von der grünen Insel mit ihren gastfreien und so herrlich urwüchsigen Menschen. Während sie redete, musterte Nora die Zwillinge.

Sie sahen sich kaum ähnlich, auch nicht in der Aufmachung. Hedwig kleidete sich schon damenhaft mit Cashmere-Pullover und Perlenkette. Das Haar fiel ihr lang und glatt ins Gesicht. Sie war stark geschminkt, und mit den blauen, von goldenen Pünktchen durchsetzten Lidschatten glichen ihre Augen schillernden Mistkäfern. Heidi dagegen sah mehr aus, als sei sie gerade von einem Ernteeinsatz zurückgekehrt. Ihre Latzhose war schmuddelig, und das Männerhemd, das ihr aus dem Hosenbund heraushing, mit Farbe beschmiert. Dazu trug sie trotz der Julihitze pelzgefütterte, plumpe Stiefel, die man in Noras Jugend wahrscheinlich als Knobelbecher bezeichnet hätte, und die Haare so kurz wie die Jungfrau von Orleans in einer modernen Aufführung.

Frau Schaumburg schwärmte weiter von dem satten

Grün und den tiefblauen Seen und Flüssen Irlands, und Nora blickte aus dem Fenster, sah durch die alten Bäume den Fluß in der Sonne glitzern und dahinter ein goldgelbes Gerstenfeld.

«Und denken Sie nur», rief Frau Schaumburg hingerissen, als hätte sie im Müll plötzlich die blaue Blume der Romantik entdeckt, «die Menschen dort, sie singen noch bei der Arbeit!»

Einen Tag später reiste das Ehepaar mit viel Getöse ab, und Nora bemühte sich als erstes um ein freundschaftliches Verhältnis zu Frau Römer. Putzfrauen, die schon lange in der Familie waren, fühlten sich leicht bevormundet; das mußte sie auf jeden Fall vermeiden. Doch Frau Römer schien unkompliziert, sie freute sich, jemand zum Schwatzen zu haben, und ergänzte die Schaumburgsche Familiengeschichte auf ihre Weise.

«Er macht 'ne Menge Kies. Und sie? Ich trag nichts aus dem Haus, aber . . .»

Nora erfuhr, daß Frau Schaumburg, nachdem sie erst den Sohn durchs Abitur, dann in den diplomatischen Dienst geboxt und die älteste Tochter aus den Armen eines Niggers – «Farbigen, meine ich», verbesserte sich Frau Römer – gerissen hatte, in eine Nervenkrise geraten war. Es kam zu einem vorübergehenden Verhältnis mit dem Nachhilfelehrer der Zwillinge. Jetzt beteiligte sich die Hausfrau in mittleren Jahren an einer Selbsterfahrungsgruppe, nahm Yoga-

Unterricht und ließ sich von einer Meisterin in der Kunst der Glasmalerei unterweisen.

«Die armen Zwillinge», sagte Nora.

«Ach, mit denen schaukelt sie noch genug durch die Gegend. Das sind hartgesottene kleine Biester. Haben Sie schon ihre Zimmer gesehen? So was von dreckigen Waschbecken gibt's nicht mal bei Asozialen! Aber was reg ich mich auf!» Frau Römer goß sich zur Beruhigung einen Obstler ein. «Bei meinem schwachen Herzen dürfte ich gar nicht mehr arbeiten gehen. Zuviel Blutfett, wenn Sie wissen, was ich meine. Mein Mann sagt immer, hast du das nötig, anderen Leuten den Dreck wegzumachen?»

Nein, nötig hatte es Frau Römer natürlich nicht. Sie strich sich selbstgefällig über die Schürze. Aber ein weiches Herz hatte sie, und darum brachte sie es einfach nicht fertig, die Schaumburgs sitzenzulassen.

Nora hatte mit den Zwillingen wenig auszustehen. Sie bekam sie selten zu Gesicht. Kaum waren sie aus der Schule zurück und hatten gegessen, da klingelte es schon an der Haustür, und eine abgehetzte Mutter, gekleidet nach Art des Vororts – sportlich, aber teuer –, holte die beiden ab, um sie zusammen mit ihren eigenen Kindern zum Ballett, Flötenunterricht, Tennis oder Hockey mitzunehmen. Anscheinend waren die Mütter in dieser Gegend vorwiegend damit beschäftigt, ihre Sprößlinge und deren Freunde herumzukarren. Zwar hielt der Bus ein paar Schritte vor dem Haus, aber als Fortbewegungsmittel kam er wohl ebensowenig in Frage wie ein Maultier für einen Reiter.

Hedwig, die gepflegtere und ordentlichere von den Zwillingen, machte sogar gelegentlich ihr Bett, während Heidi nur die Decke über nie gelüftete Kissen, Zeitschriften, Comics, Lockenwickler, zerknüllte Tempotaschentücher, Schokoladenpapier und Strümpfe zog. Auf Noras Vorhaltungen reagierte sie mit verständnislosem Achselzucken: «Wozu der Umstand? Abends geh ich doch wieder rein!»

Heidi war eine kräftige Esserin und manschte Kartoffeln, Fleisch und Soße gern zu einem unappetitlichen Brei zusammen, ehe sie das Ganze in sich hineinschlang. Hedwig sah ihrer Schwester dabei mit hochgezogenen Brauen zu: «Frißt mal wieder wie ein Schwein!» Sie selbst begnügte sich angeblich mit etwas Salat, denn sie probierte gerade eine der in Frauenzeitschriften angepriesenen revolutionären Diäten aus, oder füllte ihren Magen nur mit etwas Weizenkleie und stieg dreimal am Tag auf die Waage im Badezimmer.

«Aber ein kleines Steak kann doch nichts schaden», lockte Nora.

«Nun ja», Hedwig nickte gnädig. «Wo Sie sich so viel Mühe mit dem Sonntagsessen gegeben haben, kann ich ja mal eine Ausnahme machen.»

Aber die Ausnahme wurde sehr bald zur Regel. Denn im Laufe des Tages und vor allem vor dem Schlafengehen ging klapp, klapp, klapp die Tür des Kühlschranks, und sämtliche Vorräte verschwanden nach und nach auf geheimnisvolle Weise. Als Nora eines Tages feststellte, daß in dem fürs Wochenende gefüllten Kühlschrank am Freitag abend nur noch Magerquark und eine preiswerte Käsesorte zu finden waren und vom gekochten Schinken nichts mehr als der Fettrand im Einwickelpapier lag, packte sie den am Sonnabend vormittag neugekauften Aufschnitt in eine Schüssel und versteckte ihn kurzerhand unter ihrem Bett.

Eine erdbebenartige Erschütterung ließ sie am Nachmittag erschreckt in ihr Zimmer rennen. Der Bobtail hatte die Beute erschnuppert, war unter das Bett gekrochen und dabei mit dem Halsband an einer Bettfeder hängengeblieben. Die Mädchen mußten ihr helfen, das Bettgestell hochzuwuchten, damit sie den Hund aus seiner mißlichen Lage befreien konnten.

«Nun sieh dir diese Lechow an», hörte sie die Zwillinge miteinander flüstern. «Die denkt wohl auch, selber essen macht fett.»

Im übrigen schenkten sie ihr kaum Beachtung. Sie waren ausschließlich mit sich selbst beschäftigt. In Noras Gegenwart unterhielten sie sich nur in Stummelsprache.

«Peter?» fragte Hedwig.

«Unheimlich ätzend», antwortete Heidi.

Nora nahm es hin, daß ihre Ohren von Rockmusik aus Stereoboxen strapaziert wurden. Auch daß die Mädchen ungeniert in den Schränken ihrer Mutter herumwühlten und sich mit allem bedienten, was sie gerade brauchten. Einen Teufel würde sie tun, fremder

Leute Kinder zu erziehen! Man machte sich damit nur das Leben zur Hölle, und die Eltern würden dann ganz erstaunt tun: So kennen wir unsere Kinder gar nicht! Daher beschränkte sie ihre Aufsichtspflicht auf die Schularbeiten und sorgte dafür, daß beide rechtzeitig schlafen gingen. Glücklicherweise gab es damit keine Schwierigkeiten, denn die Mädchen honorierten in gewisser Weise, daß sie über vieles hinwegsah. Auch mit dem Fernsehprogramm kam man sich nicht in die Quere, da es zwei Apparate im Haus gab.

Einmal, während Nora sich voller Rührung einen alten Ufa-Film mit Zarah Leander ansah, kamen die Zwillinge ins Zimmer, setzten sich neben sie und fragten, ob sie auch für den alten Adolf geschwärmt habe.

«Wie kommt ihr denn darauf?» Nora fühlte sich in ihrer sentimentalen Stimmung gestört.

«Wir dachten, so Frauen wie Sie hat der mächtig angetörnt», meinte Heidi.

«Damals war ich ein junges Mädchen», sagte Nora gemessen. «Vielleicht darf ich jetzt diesen Film zu Ende sehen?»

«Komm, wir hauen ab.» Heidi zog ihre Schwester vom Sofa hoch. «Sie hat keinen Bock drauf, darüber zu sprechen!»

An einem Nachmittag, als die Zwillinge ins Kino gegangen waren und sie in ihrem Zimmer Briefe schrieb, hörte Nora aus der Küche ein Geräusch. Sollte sich der

Hund dort herumtreiben? Doch vor dem Kühlschrank kauerte eine junge Frau. Sie stand auf und begrüßte Nora mit vollem Mund.

«Ich bin Dorothea Schaumburg.» Nora starrte entgeistert auf die Schinkenscheibe in ihrer Hand. Sie dachte an das knappe Haushaltsgeld.

«Ich nehm mir ein paar Kleinigkeiten fürs Wochenende mit», erklärte die Studienrätin und packte ein halbes Pfund Butter, drei Dosen Kompott, Marmelade, Käse und ein Glas saure Gurken in einen mitgebrachten Korb.

Nora musterte erstaunt einen großen Sack auf dem Küchenfußboden.

«Meine Wäsche», erklärte Dorothea. «Meine Waschmaschine ist kaputt.» Sie schleifte den Sack hinter sich her zur Kellertreppe und beförderte ihn mit einem Fußtritt hinunter. «Plagen Sie die Zwillinge sehr?»

«Nein, nein, aber . . .» Nora ergriff die günstige Gelegenheit: «Sie schreiben nächste Woche eine Mathematikarbeit. Könnten Sie da nicht vorher ein wenig mit ihnen üben? Ich verstehe nichts davon. Und die Arbeit ist für die Versetzung wichtig.»

«Die bleiben so oder so sitzen.» Die befähigte Pädagogin machte sich in ihrem Cabriolet wieder aus dem Staube.

Frau Römers Stirn umwölkte sich, als sie den Wäschesack entdeckte. «Ihre dreckige Unterwäsche hätte das Fräulein wenigstens selbst in die Waschmaschine tun können. Ekelhaft, so was!» Eilfertig brachte Nora den Obstler, um sie zu besänftigen.

Aber die Zeichen standen auf Sturm, und Hedwig war es vorbehalten, den Orkan zum Ausbruch zu bringen. Sie wurde nämlich von Frau Römer dabei ertappt, wie sie eine ihrer frischgebügelten Blusen nach der anderen aus dem Schrank zog, kurz daran roch, angewidert den Kopf schüttelte und sie auf den Boden warf. Frau Römer berichtete Nora empört davon.

Am nächsten Morgen wartete Nora vergeblich auf sie.

«Die berappelt sich schon wieder», trösteten die Zwillinge. «Die kriegt manchmal solche Touren.»

Aber Frau Römer ließ sich die ganze Woche nicht blicken, und Nora mußte sich um die Mahlzeiten und den Haushalt kümmern. Es war gespenstisch, wie schnell das Haus verrottete. Die Räume wirkten wie Pflanzungen, von denen der Urwald wieder Besitz ergriffen hatte. Das Silber, das überall herumstand, wurde trotz Anlaufschutz rabenschwarz, die Fenster waren nach einer stürmischen Regennacht blind vor Schmutz, über die kostbaren Gobelinstühle zog sich ein Flor von Hundehaaren, und im ganzen Haus standen gebrauchte Teller und Gläser herum. Zu allem Überfluß verkündeten ihr die Zwillinge: «Am Sonnabend geben wir 'ne Party!»

Zum erstenmal wurde Noras Stimme scharf. «Kommt nicht in Frage! Solange eure Eltern nicht da sind, wird nicht gefeiert.»

Wortlos zeigten ihr die Mädchen eine Ansichtskarte aus Irland. «Habt's recht hübsch an eurem Fest, Kinder«, hatte Frau Schaumburg geschrieben, «aber macht nicht zuviel Unordnung.»

Nora verbarg ihren Ärger: «Warum hat mir eure Mutter nichts davon gesagt?»

Die beiden grinsten. «Sie wird schon ihre Gründe dafür gehabt haben!»

«Bitte, bitte», sagte Nora steif. «Mein Haus ist es ja nicht.»

Heerscharen von jungen Leuten zogen am Freitag abend ein und belegten die Küche mit Beschlag, aus der bald penetranter Knoblauchgeruch drang. Als sie sich zum Essen in den schummrig beleuchteten Räumen im oberen Stockwerk niedergelassen hatten, warf Nora einen Blick in die Küche. Kein Topf, der nicht benutzt worden war und jetzt klebrig und angebrannt auf dem Geschirrspülbrett stand; der Fußboden glitschig wie Schmierseife. Ein plötzlich anschwellender dumpfer Ton ging ihr durch Mark und Bein. Es klang, als trompete ein verlorengegangenes Elefantenbaby nach seiner Mutter.

«Mensch, Harald!» schrie es im Chor. «Daß du deine Posaune mitgebracht hast, ist wirklich stark.» Und dann Hedwigs Stimme: «Das ist ja dieselbe wie damals in Ravenna!»

Nora riß ihren Mantel vom Haken und rannte nach draußen. Sie wanderte die Straße des Nobelviertels, in denen sich die Häuser hinter dichten Hecken versteckten, zum Fluß hinunter. Etwas besänftigt durch ihren Spaziergang, kehrte sie zurück. Im Flur roch es brenzlig. «Hedwig, Heidi, was ist passiert?» rief sie beunruhigt, als Hedwig mit dem Minimaxgerät an ihr vorbeieilte.

«Nichts! Irgendso ein Idiot hat bloß versucht, das Mobile mit der brennenden Zigarette in Schwung zu bringen.»

Und dann sah Nora die Flamme. Prächtig züngelnd schoß sie die holzgetäfelte Decke entlang.

Die Feuerwehr war rasch zur Stelle. Als sie wieder abrückte, waren die Schlafzimmer der Mädchen und der obere Flur wie in Badeschaum getaucht. Nora knöpfte sich die Mädchen vor. Von Zorn übermannt, schrie sie ihren Ärger heraus. Dann brach sie in Tränen aus und verzog sich ins Bett.

Nachdem sie sich wieder beruhigt hatte, gestand sie sich ein, daß ihr Ärger über die Zwillinge nicht frei von Neid war. Was für ein Leben führte diese Generation! Auch diese junge Studienrätin wirkte nicht gerade, als ginge sie an Überarbeitung zugrunde. Und was hatte man *ihr* geboten, als sie jung war? Rüben verziehen und hacken. Und als einzige Abwechslung diese Affäre mit dem irischen Offizier, dessen Einheit in dem trübsinnigen Dorf lag, wohin sie vom Flüchtlingslager aus mit ihrem Vater eingewiesen worden war. Lilos Mann, der gerade aus der Kriegsgefangenschaft zurückgekehrt war, zeigte sich entsetzt über diese Fraternisation mit dem Feind. «Kuck nicht so, als wolltest du ihr gleich die Haare abschneiden», sagte Lilo und klopfte sich Mehl vom Mantel. Sie war mit ihrem Fritz aus der Stadt gekommen, und ein freundlicher Müller hatte sie auf dem Weg in Noras Dorf ein Stück auf seinem Wagen mitgenommen. «Ihr seid ja in den besetzten Ländern auch nicht nur zur Messe gegangen. Leiste mal lieber Herrn Lechow Gesellschaft. Wir wollen ins Kino, Nora muß hier mal raus.» Fritz sah sie unbehaglich an. «Ich hab doch keine Ahnung von Krankenpflege.» Lilo plinkerte ihrer Freundin zu. «So seid ihr Männer. Erst schießt ihr euch gegenseitig zum Krüppel, und dann grault ihr euch vor dem, was ihr angerichtet habt.»

Der kleine irische Leutnant war eines Tages auf dem Wäscheplatz aufgetaucht und hatte ihr als zeitgemäße Liebeserklärung schweigend drei Büchsen Corned Beef zu Füßen gelegt. Und dann war man sich so nach und nach nähergekommen. Der arme Junge. Er hatte seine Eltern bei einem deutschen Bombenangriff verloren und umklammerte sein Offiziersstöckchen, von dem er sich nie trennte, wie einen Zauberstab: *Komm, wir machen eine kleine Reise in das Land der Illusion*. Das war ihnen in dem beschlagnahmten Schlafzimmer des Bürgermeisters mit den düsteren Tapeten und dem reißenden Gebirgsbach in Öl über den Betten nicht leichtgefallen. Danach kommandierte er wieder, das Stöckchen unter den Arm geklemmt, seine Soldaten herum und sie ihren Vater: «Trödle nicht so, zieh dich endlich an!» Wenn der Vater nicht gewesen wäre, säße sie jetzt vielleicht in Irland und sänge ebenfalls wie diese «herrlichen einfachen Menschen» bei der Arbeit.

Nora kam am Morgen nach der Party erst gegen elf Uhr herunter. Im Wohnzimmer lehnte ein Zettel an der großen Vase. «Wir sind zum Mittag bei Freunden, aber um drei Uhr zurück.»

Sie sah sich im Haus um. Die Mädchen hatten tatsächlich den Versuch gemacht, die Zimmer wieder in Ordnung zu bringen. Sogar das Geschirr war abgewaschen.

Nora legte sich in einen Liegestuhl auf die Terrasse. Sie war dabei, die Lage zu überdenken, als die Haustür ging. Gleichzeitig klingelte das Telefon. Ehe sie hingehen konnte, hatte Heidi bereits den Hörer abgenommen. «Nein, nein, ausgeschlossen», hörte Nora sie sagen. «Heute könnt ihr wirklich nicht kommen, die Lechow ist auf'm Egotrip, und da weiß man nie.»

Wenige Augenblicke später stülpten sich zwei Kopfhörer über Noras Ohren, und ein Taschenrecorder wurde ihr in den Schoß gelegt. «*Eine Frau wird erst schön durch die Liebe*», röhrte Zarah Leander ihr ins Ohr. Die Mädchen hatten sich vor ihr aufgebaut und sahen sie erwartungsvoll an. Nora schob den Bügel zurück.

«Alles wieder paletti?» fragten sie, ohne jede Bosheit.

«*Ganz allein nur durch die Liebe*», sang Zarah in Noras Haar.

9

Nach der strapaziösen Zeit bei den Schaumburgs fand Nora, nun habe sie eine Ruhepause verdient. Kusine Freda, ehemalige Krankenschwester und jetzt Inhaberin eines kleinen Pensionsbetriebes an der Nordseeküste, hatte sie herzlich eingeladen, sich bei ihr in der Nachsaison zu erholen. Gleichzeitig ließ sie einfließen, daß ihr ein wenig Hilfe bei den Vorbereitungen der Mahlzeiten willkommen sei – «natürlich nicht umsonst!» Noras praktischem Sinn kam diese Verbindung des Angenehmen mit dem Nützlichen sehr entgegen. Zuvor aber wollte sie die Reise nach Norden unterbrechen und ein paar Tage ihre Freundin Mechthild besuchen.

Der D-Zug war nur schwach besetzt, so daß sie ein Abteil für sich allein hatte und es sich bequem machen konnte. Mechthild und sie hatten sich seit einer halben Ewigkeit nicht mehr gesehen; aber mit Freunden aus der Kindheit wurde man schnell wieder warm, auch wenn man sich im Grunde nicht mehr allzuviel zu sagen wußte. Nora stemmte ihren Koffer aus dem Gepäcknetz. Hoffentlich hatte das Bett im Gästezimmer eine gute Matratze.

Arnold Arnold, Mechthilds Ehemann, holte sie vom

Bahnhof ab. Er war nun über siebzig und hatte sich einen respektablen Bauch zugelegt. Aber sein Haar war noch voll, und seine tiefe Stimme rollte so majestätisch daher wie eine Arie von Händel. Er versäumte es nicht, ihr nachträglich zum Geburtstag zu gratulieren.

«Ich gratuliere dir 365 Tage im Jahr, liebe Nora!» Dann öffnete er ihr galant die Wagentür.

In den ersten Tagen waren die Freundinnen ganz mit sich und ihrer Kindheit beschäftigt und fingen die Erinnerungsbälle sozusagen mit ausgebreiteten Armen auf. Sie zeigten sich alte Fotos und Briefe und überließen Arnold ganz seinen «Piepmätzen», wie Mechthild sein derzeitiges Hobby spöttisch bezeichnete. Denn Arnold hatte sich ein beträchtliches Wissen über Vögel angeeignet und sich zu einer Art hausgemachtem Ornithologen entwickelt. Der kleine Garten war mit Vogeltränken und Häuschen bepflastert, und trotz des Hochsommers hingen noch Futterringe an den Büschen. Vögel interessierten Arnold inzwischen ebensosehr wie Frauen. Er hatte ein umfangreiches Tonbandarchiv voller piepsender, trillernder, schmetternder Vogelstimmen. Aber seine besondere Bewunderung galt den Greifvögeln, den «Königen der Lüfte», wie er sie wenig originell nannte.

Mechthilds Vater war Direktor der nahen Zuckerfabrik in ihrer alten Heimat gewesen. Sie hatte den fünfzehn Jahre älteren Arnold Arnold als Achtzehnjährige kennengelernt. Eine Freundschaft, die ihrem Vater ganz und gar nicht paßte. «Meine Tocher und dieser clevere Prolet», tobte er. «Und dann noch dieser verrückte Doppelname!»

Arnold war nicht gerade das, was Väter sich für ihre Töchter erträumen. Er hatte sich bereits ziemlich glücklos in den verschiedensten Berufen versucht. Als ihm Mechthild über den Weg lief, war er gerade bemüht, sich als Kunstmaler einen Namen zu machen.

«Arnold ist ein Universalgenie», hatte Mechthild damals bewundernd behauptet, denn er verstand auch etwas von Chemie und Physik und verblüffte ihren Vater mit detaillierten Kenntnissen über die Zuckergewinnung und Verarbeitung. Er konnte tatsächlich eine ganze Menge: Malen, Tischlern, Pferde beschlagen, Hochzeitsgedichte verfassen, Strümpfe stricken, Frauen einwickeln und vor allem reden und einem das Wort im Munde verdrehen. Sein unwiderstehlicher Drang, keinen Gedanken unausgesprochen zu lassen, hatte ihm, gerade als Mechthild ihn kennenlernte, ein Ausstellungsverbot seiner harmlosen Bilder eingetragen und zehn Tage Untersuchungshaft.

Bei einem Vortrag über Farben hatte er sich zu eingehend in negativer Weise über die Farbe Braun geäußert. Aber selbst dem wildesten Nazi war dies als Grund für eine Anzeige wegen angeblicher Volksverhetzung nicht stichhaltig genug gewesen, um ihn länger einzusperren, und so hatten sie ihn wieder laufen lassen. Arnold Arnold war dadurch ganz unbeabsichtigt zum Systemgegner geworden, und das brachte Mechthilds Vater, den biederen Zuckerdirektor, dem die Nationalsozialisten ein Greuel waren, in Konflikt. Immerhin hatte dieser «kropfige Hallodri» eine Menge riskiert. Und das war denn auch der Punkt, auf dem Mechthild wieder und wieder herumritt. Ihr Vater willigte schließlich in eine Eheschließung ein, und sie zog hochbefriedigt mit ihrem «cleveren Proleten» davon.

Zwei Jahre später entdeckte Arnold Arnold eine Marktlücke im Kunstbetrieb. Er malte nach Fotografien Porträts gefallener Soldaten, sehr zur Zufriedenheit der Hinterbliebenen. Er selbst hatte Glück. Wegen eines Herzfehlers verzichtete die Wehrmacht auf ihn, und da in seinem großen Kundenkreis unterdessen auch braune Prominenz zu finden war, blieb er von lästigen Dienstverpflichtungen verschont.

Nach der Flucht landete das Ehepaar mit seinen Kindern in Niedersachsen, und dank Arnolds Talent für Schwarzmarktgeschäfte ging es ihnen recht ordentlich. Kritisch wurde es erst, als das Leben nach der Währungsreform wieder in normalen Bahnen lief. Für einen bürgerlichen Beruf war Arnold Arnold nach wie vor nicht geschaffen. Aber dann stieß ihn der Zufall auf eine weitere ausbaufähige Tätigkeit. Er wurde Redner bei Beerdigungen und hatte gewaltigen Zulauf. Auch der wohlmeinende Pastor konnte keine so tröstenden, den Toten wie einen lieben Anverwandten preisenden und dabei herzzerreißenden Grabreden halten. Man munkelte allerdings, daß er bei entsprechender Bezahlung nicht davor zurückschrecken würde, auch Hunde und

Katzen, denen ihre Frauen und Herrchen eine eigene Begräbnisstätte zugedacht hatten, mit der gleichen Wortgewalt zur letzten Ruhe zu begleiten. Aber Mechthild verteidigte ihren Mann und sagte, das sei nur Futterneid und alles Blödsinn.

Bescheidener Wohlstand zog in das Reihenhaus ein. Arnold Arnold war ein strenger Vater, der bei seinen Kindern keinen Widerspruch duldete. Um so stärker verfielen diese dem Zeitgeist, der sie von einer modischen Richtung in die andere hetzte. Nur Erich, der Älteste, blieb dagegen gefeit. Er hatte noch genügend vom Krieg, von Bomben und Hunger mitbekommen, um Sicherheit zu schätzen. Er war Finanzbeamter geworden.

Wie meist bei Müttern, endete auch das Gespräch mit Mechthild bei den Kindern. Sie sagte, daß Schmusi, der Jüngste, ihr im Augenblick die größte Sorge mache. Als Kind war er mit seinem prächtigen Lockenkopf und dem fröhlichen Temperament der Liebling des Vaters gewesen, aber als er anfing, seine Unsicherheiten hinter einem dicken Bart und wilden Sprüchen zu verstecken, war es damit vorbei. Hatte er ihn früher «Phil, mein edler Bussard» genannt, so tönte Arnold Arnold jetzt theatralisch: «Keiner meiner Freunde hat mir so viel Schmerz zugefügt wie dieses Kind, dieser Schuldenmacher beim lieben Gott!» Aber Mechthild behauptete, der inzwischen dreißigjährige Philipp, ihr Schmusi, sei nur ein Spätentwickler, und die brauchten eben auch fürs Studium ein klein wenig länger.

Eine Dreiklanghupe gellte durchs Haus. Nora fuhr zusammen.

«Was ist das denn?»

«Das», sagte Mechthild mit stoischem Gesicht, «ist Arnold. Ich höre in letzter Zeit nicht mehr so gut, und da hat er sich diese Hupe ausgedacht, wenn er etwas von mir will. Er sagt, er hat keine Lust, sich die Kehle nach mir heiser zu schreien.»

«Und das läßt du dir bieten?» Nora sah ihre Freundin ungläubig an.

«Das verstehst du nicht.» Mechthild war aufgestanden und ging zur Tür. «Du warst nie verheiratet. Wozu soll man dauernd streiten. Wenn's ihm Spaß macht», sagte sie, als sie das Zimmer verließ. Sekunden später gab es auf der Treppe Gepolter und einen Aufschrei. Nora stürzte auf den Flur. Aber Arnold war schneller gewesen.

«Das Genick hat sie sich nicht gebrochen, nur den Fuß», sagte er, während er neben Mechthild kniete.

«Gemütsmensch», murmelte Nora.

«Wir werden sie wohl hierbehalten müssen.» Der junge Arzt aus der Röntgenabteilung des Krankenhauses sah ostentativ auf seine Armbanduhr. Es war zwölf Uhr, und er hatte bereits seit einer halben Stunde dienstfrei. Arnold redete auf die Schwestern ein und schaffte es, daß Mechthild ein Einzelzimmer bekam. Während Nora ihr noch Gesellschaft leistete, fuhr er nach Haus, um das Nötigste für seine Frau zu holen. Nora bot sich sofort an, für Arnold zu sorgen.

«Du bist unser Gast», sagte Mechthild, «und nun mußt du auch noch für ihn kochen.»

«Mach dir keine Gedanken. Hauptsache, du hast keine Schmerzen mehr.»

Arnold war schnell wieder zurück, und Mechthild baute sich mit den Fotos ihrer Kinder, einem Radio und ein paar Büchern eine eigene kleine Höhle in dem unpersönlichen Krankenzimmer.

In den folgenden Tagen zeigte sich Arnold von seiner angenehmsten Seite, er half Nora sogar in der Küche, indem er ihr mit angewidertem Gesicht die gebrauchten Kochtöpfe ins Spülbecken stellte. Diese gute Tat machte er allerdings durch seine Bemerkung, er fühle sich wie ein Mercedes, den man zum Mistfahren gebrauche, wieder zunichte.

«So, so», sagte Nora. «Und wofür gebrauchst du mich?»

Er streichelte sacht ihr Haar, während sie sich über eine häßlich angebrannte Bratpfanne beugte, und sagte, Nora wasche ihm durch ihre ehrliche, unkomplizierte Art direkt das Herz und er wisse gar nicht, wie er ihr danken solle.

Das hinderte ihn jedoch nicht daran, beim Frühstück mit sicherem Griff das ungeplatzte Ei im Körbchen zu erwischen und ihr den trockenen Käse zu überlassen, während er sich den frisch angeschnittenen Emmentaler gleich ohne Brot einverleibte.

Immerhin, er gab sich Mühe. Er leerte die Aschenbecher am Abend, stellte die benützten Gläser in die

Geschirrspülmaschine und hob die Zeitungen im Schlafzimmer auf, die er beim Lesen im Bett über den Fußboden verstreut hatte. Aber allmählich wurde er mürrisch. Einmal drückte er sogar auf die Hupe, wenn auch so leise, daß Nora darüber hinweghören konnte. Er klagte über sein Alter. «Wenn mich der Tod trifft, dann bitte in einer bequemen Lage.» Er sagte, er fühle sich wie das Haus in Andersens Märchen, das so alt war, daß es nicht wußte, nach welcher Seite es kippen sollte. Kurzum, Mechthild fehlte ihm an allen Ecken und Enden.

Aber dann belebte sich das Haus plötzlich mehr, als es Nora lieb war. Ein Mädchen in einer Art Beduinenkleid stand im Hausflur und fragte: «Ist Philipp da?»

Arnold Arnold musterte sie mit Interesse. Sie war höchstens neunzehn, ein Alter, das er liebte. «Sind Sie seine Freundin?»

«Um das herauszufinden, bin ich hier», erklärte das Mädchen und brach in Tränen aus.

«Philipp ist zwar nicht zu Hause, aber kommen Sie erst einmal rein.» Nora führte sie ins Wohnzimmer und brachte ihr was Ordentliches zu essen. Danach sah die Kleine sehr viel besser aus. Sie war hübsch, wenn auch auf eine zeitgemäße, unordentliche Weise. Die Haare brauchten einen neuen Schnitt, ebenso die Fingernägel, die ihr schwärzlich aus den Fingern sprossen. Jugend kann sich das leisten, dachte Nora, die können sich in einer Pfütze suhlen und bleiben trotzdem attraktiv. Sie bemerkte ein gewisses Funkeln in Arnolds Augen und beschloß, die Kleine so schnell wie möglich wieder abzuschieben. Aber Arnold machte ihr einen Strich durch die Rechnung.

«Sie werden uns ein lieber Gast sein», sagte er mit seiner einschmeichelnden Stimme, «und wenn Sie sich ausgeschlafen haben, werden wir in Ruhe über Ihre Probleme reden.» Als Nora ihrer Freundin nachmittags im Krankenhaus davon erzählte, geriet die sonst so Tolerante ganz außer sich.

«Dieses Mädchen ist Schmusis Ruin! Dauernd ist sie hinter ihm her, und gerade jetzt, wo er mitten im Examen steckt! Ein Glück, daß er nicht zu Hause ist.»

«Aber ich kann sie doch nicht rausschmeißen», sagte Nora.

«Warum nicht?» Mechthild legte sich in ihre Kissen zurück. Nora versprach, ihr möglichstes zu tun. Doch Arnold Arnold hatte die Kleine längst in seinen Bann gezogen, so daß sie ihre eigentliche Absicht, Philipp zu besuchen, schon fast vergessen hatte. Nora hörte aus dem Arbeitszimmer den altvertrauten Schmus tönen, auf den auch sie vor vielen Jahren einmal hereingefallen war: «Sie haben etwas an sich, was Sie selbst nicht kennen!»

Unter Arnolds Einfluß milderte sich der Wohngemeinschafts- und Kneipenjargon des Mädchens. Dafür redete sie jetzt in dem Psychologenkauderwelsch, das ihr von der Universität beigebracht worden war. Sie sprach vom komplexen Hang zur Abhängigkeit, von Selbstunterdrückungsmechanismen und Autoritätsstrukturen. Für diesen Quatsch schicken wir nun unsere Jugend auf die Hochschulen, dachte Nora, der ganz schwindlig dabei wurde. Arnold schien es ähnlich zu gehen. Trotzdem verzog er schmerzlich sein Gesicht, strich zart über den Handrücken des Mädchens und raunte: «Wie gut ich Sie verstehe!»

Nora fand es angebracht, ihrer kranken Freundin einen diskreten Wink zu geben.

«Du meinst, da bahnt sich was an?» fragte Mechthild völlig gelassen. «Von mir aus, dann läßt sie wenigstens Schmusi in Ruhe.»

«Mechthild!» sagte Nora.

Dann fand alles ein viel schnelleres Ende, als Nora zu hoffen gewagt hatte. Der Vater des Mädchens, der inzwischen den Aufenthaltsort seiner Tochter herausbekommen hatte, tauchte überraschend auf und holte sie ab.

«Ihre Tochter ist schon verheiratet? Sie Glücklicher», sagte er zu Arnold, der sich hastig das Hemd, das er seit kurzem jugendlich offen trug, zugeknöpft und einen Schlips umgebunden hatte. Am Abendbrottisch wirkte Arnold wie ein betrübter kleiner Junge, dem man seinen Kaugummi weggenommen hatte.

«So ganz bist du wohl nicht auf deine Kosten gekommen», sagte Nora.

Er reckte sich würdevoll auf: «Ein Adler schlägt nicht vor dem eigenen Horst!»

Nora mußte lachen. Sie konnte plötzlich verstehen, daß ihre Freundin es trotz seiner vielen Eskapaden noch immer mit ihm aushielt. Sie suchte nach einem angemessenen Trost.

«Barbara hat angerufen. Sie hat sehr nach dir gefragt.»

Barbara und Mechthild kannten sich aus der Flüchtlingszeit. Barbara hatte damals eine Zeitlang bei den Arnolds gewohnt, ein langweiliges, reizloses Geschöpf, das Arnold anhimmelte. Arnold hatte ihr gesagt, sie besitze etwas, was es kaum noch gebe, nämlich die Gabe zu absoluter Treue. Mechthild hatte diese Gabe mehr als Klebrigkeit empfunden und wäre Barbara ganz gern wieder losgeworden, aber Arnold, dem Barbaras Anbetung schmeichelte, spielte den Großzügigen und meinte, man könne sie nicht verstoßen.

«Die gute Barbara. Wie geht's ihr denn?» fragte er mit sehr viel kräftigerer Stimme.

Nora beschloß, ihn ein wenig zu zwicken. «Der guten Barbara? Sie hat vor nicht langer Zeit einen zehn Jahre jüngeren Mann geheiratet.»

«So, so.» Arnold schob mit ablehnender Gebärde den von Nora liebevoll zubereiteten Eierkuchen zurück. «Wie Ledersohlen. Ach, meine Mechthild fehlt mir doch sehr.»

Nora ärgerte sich. «Bist du nicht heilfroh, daß der Vater hier aufgekreuzt ist und das junge Ding abgeholt hat? Ich meine, in unserem Alter braucht man doch seine Ruhe. Schmusi soll jedenfalls ganz erleichtert sein, wie mir Mechthild, die mit ihm telefoniert hat, sagte. Im Gegensatz zu dir hatte er wohl seine Freundin schon recht über.»

Zu ihrer Überraschung nickte Arnold wohlgefällig. «Mein stolzer Bussard, so leicht läßt er sich nicht fangen!»

10

Kusine Freda erwartete Nora bereits auf dem Bahnsteig und schwenkte, als der Zug einlief, eines ihrer geliebten scheußlichen Hütchen, von denen sie ein halbes Dutzend besaß. «Hu, hu, ich bin hie-hier!»

Wenn sie Freda betrachtete, fand Nora sich schlank, obwohl sie zugeben mußte, daß Freda das Füllige gut stand. Wie früher ergriff die ein paar Jahre ältere Kusine das Kommando:

«Nichts liegengelassen? Regenschirm, Mantel, Tasche – alles vorhanden?» Im Auto lag ein Kissen für Noras Rücken bereit, und der Sitz war fürsorglich zurückgeschoben, damit sie genügend Platz für die Beine hatte.

«Prima Wetter», sagte Freda gutgelaunt und nahm forsch eine Kurve. «Das Haus ist proppenvoll. Alles Stammgäste, nett, aber ziemlich pimplig. Blaß siehst du aus. Na, das wird sich schnell ändern. Aber nicht gleich ins Watt laufen, sonst wirst du mir noch krank.»

«Ich bin mehr zum Helfen hier» – Nora dachte an Fredas großzügiges Geldangebot – «als zum Faulenzen.»

«Machst aber einen recht abgehetzten Eindruck.»

«Ich hatte mir meinen Besuch bei Mechthild auch geruhsamer vorgestellt. Trotzdem war's eigentlich recht nett.» Nora schlug ihren Mantelkragen hoch, denn Freda hatte das Fenster weit heruntergekurbelt.

Sie hielten vor einem einstöckigen Strohdachhaus, das zwischen Kiefern und Föhren auf einem großen Grundstück stand. Nora atmete tief die würzige Luft ein und betrachtete mit Wohlgefallen die üppig blühenden Sonnenblumen, die einen prächtigen Kontrast zu den grüngestrichenen Fensterläden bildeten.

«Bevor wir reingehen, zeig ich dir noch, was aus dem Schafstall geworden ist.»

«Gern.» Nora folgte ihrer Kusine einen schmalen Pfad entlang. Freda hatte kurz vor ihrer Pensionierung dieses Häuschen an der Nordseeküste ganz überraschend von einer Tante geerbt. Nora war bereits in den Nachkriegsjahren einmal hiergewesen. Als ihr Vater vorübergehend ins Krankenhaus mußte, hatte die Tante sie eingeladen, sich bei ihr solange von der Pflege zu erholen. Geld war damals, in den ersten Jahren nach der Währungsreform, überall knapp gewesen, und so mußte sich Nora mit dem Schafstall als Unterkunft begnügen, um nicht einem zahlenden Gast das Bett wegzunehmen.

Die Tante war Mitglied der «Moralischen Aufrüstung» gewesen, einer Bewegung, die in jenen Jahren sehr in Mode war. An dem internationalen Tagungsort dieser Gesellschaft, einem pompösen Hotel am Genfer See, putzten Mädchen aus gutem Hause voller Eifer die Stiefel der Tagungsteilnehmer, schälten Kartoffeln und servierten das Essen.

Als Nora damals die Tante an der Nordseeküste besucht hatte, hielt sich in ihrem Haus gerade eine Gruppe Gleichgesinnter auf, und alles wetteiferte, einander vorzuführen, wie man die vier Forderungen der Moralischen Aufrüstung – absolute Ehrlichkeit, absolute Reinheit, absolute Selbstlosigkeit, absolute Liebe – überzeugend erfüllt. Ein emporstrebender Industrieller aus dem Rheinland wies mehrfach darauf hin, was für ein Vergnügen es ihm gewesen sei, eine alte Dame früh um halb sieben vom Bahnhof abzuholen und ihr so ihren größten Wunsch, die Teilnahme an einer «stillen Stunde», zu erfüllen. Allerdings seien leider die vielen Schlaglöcher auf der schlechten Straße seinem neuen Mercedes nicht gut bekommen.

Zuerst fand Nora die *quiet time*, die tägliche Besinnungsstunde, hochinteressant. Im Anschluß daran mußte man nämlich der Gruppe alles mitteilen, was einem währenddessen durch den Kopf gegangen war, und dabei kamen oft die merkwürdigsten Dinge heraus. Tief beeindruckt war sie, als die Tante mit stockender Stimme berichtete, wie der verstorbene Sohn ihr im Traum erschienen sei und sie zu Gott zurückgeführt habe. «Ich sah meinen Weg jetzt deutlich vor mir», sagte sie und schirmte dabei mit der rechten Hand ihre Augen ab, «in großer Klarheit.»

Aber nach der Abreise der dritten Gruppe kannte

Nora den Traum der Tante in- und auswendig, und als diese bei der nächsten *quiet time* wieder ihre wirkungsvolle Pause einlegen wollte, soufflierte sie ihr, ehe sie sich bremsen konnte: «. . . in großer Klarheit», was teils Gekicher, teils Empörung auslöste. Danach war die Sympathie der Tante für sie und die ihre für die Moralische Aufrüstung ein wenig abgekühlt.

Aber damals war immer etwas losgewesen. Eines Nachts kam ein weiblicher Gast in den Schafstall getappt, wo Nora es sich auf einem ausrangierten Wehrmachtbett, so gut es ging, mit einer Stallaterne und einem Kriminalroman bequem gemacht hatte. Die Dame zitterte und weinte und gestand, daß sie sich in einen verheirateten Herrn aus der Gruppe verliebt habe und in großer Sorge um ihre absolute Reinheit sei. Glücklicherweise pfiff ein ungemütlicher Wind durch das löcherige Dach, und das in seiner Nachtruhe gestörte einzige Schaf verwirrte sie so mit seinem vorwurfsvoll klingenden Blöken, daß sie rasch wieder verschwand.

Auch war ein Mann ganz aufgeregt aus dem Watt zurückgekommen und hatte gestammelt, ihm sei Gottes Sohn am Priel begegnet, so daß der Tante ihr vorwurfsvolles «Ich sehe meine Gäste gern pünktlich am Mittagstisch» fast im Halse steckenblieb. Der Mann verdrehte gefährlich die Augen, aber da wurde der Leiter der Gruppe sehr energisch und verbat sich solche Überspanntheiten. Und ein Kommunist, der ihnen gerade erst seine Bekehrung zu den wahren Werten geschildert hatte und von allen wie ein exotisches Tier angestaunt worden war, stand auf und sagte, ihm sei nun die endgültige Erleuchtung gekommen. Nämlich, daß er mit diesen Schwachsinnigen hier nichts gemein habe, und überhaupt sei er von der Moralischen Aufrüstung sehr, sehr enttäuscht. Aber da hatte er bereits als Hätschelkind der Reichen acht sorgenfreie kalorienreiche Wochen in der Schweiz hinter sich. Wie lange das alles schon her war!

«Du sagst ja gar nichts.» Freda war enttäuscht, daß Nora sich noch nicht zu der kleinen Teestube mit ihren hellen Korbmöbeln und den blau karierten Gardinen am Fenster geäußert hatte, die einst ein Stall gewesen war.

«Entschuldige», sagte Nora, «wirklich zauberhaft. Ich dachte nur gerade an unsere Tante; und an die spinnigen ‹Moralischen›, die hier waren.»

Freda sah sie verärgert an. «Die Idee, nicht militärisch, sondern geistig aufzurüsten, und die Überzeugung von der Überlegenheit der Einzelpersönlichkeit gegenüber dem Kollektiv haben mich immer sehr beeindruckt», rezitierte sie, die ihr Leben lang ein Herdentier gewesen war. «Aber du mußt immer gleich alles ins Lächerliche ziehen.»

Wie dem auch sei, dachte Nora, auf jeden Fall verdankte Freda den «Moralischen» ihr Erbe. Denn erst nachdem die Tante sich dieser Bewegung angeschlossen hatte, war ihre Kusine, die damals für wenig Geld und fast ohne Freizeit im Krankenhaus schuftete, als Erbin eingesetzt worden.

Im Haus machte Freda ihre Kusine mit den Kurgästen bekannt, überwiegend älteren, alleinstehenden Damen, die so auf sie fixiert waren, daß sie ihr jede Kleinigkeit mitteilten.

«Ich habe zwei Pfund zugenommen, Schwester Freda!»

«Wie mich das freut.»

«Mit meiner Verdauung klappt's jetzt wieder!»

«Wie schön für Sie.»

Nora übernahm die Zubereitung des Frühstücks und des Abendbrots. Sie kochte Eier nach Wunsch, deckte Tische, versah die Butter mit kunstvollen Verzierungen und den Aufschnitt mit Petersilie und räumte die vielen Medikamente der Gäste hin und her. Es war gar nicht einfach, die Plätze nicht zu verwechseln und auch die Naturprodukte wie Weizenkeime und Blütenpollen richtig zu verteilen.

Jeden Morgen beantwortete sie die unvermeidliche Frage nach dem Wetter mit dem Satz: «Solange die Schwalben so hoch fliegen . . .»

«Aber das tun sie doch gar nicht», wunderte sich eine Dame, die beim Morgenspaziergang von einer fast gestreift worden war.

«Na ja, ab und zu muß auch eine Schwalbe wieder auf die Erde», sagte Nora und kehrte die Krümel von den Tischdecken.

Tatsächlich blieb das Wetter, allen drohenden Gewitterwolken zum Trotz, schön, und auch Nora stapfte im Watt umher und wunderte sich, mit welcher Sorglosigkeit ganze Familien noch bei auflaufender Flut hinauswanderten. Wenn sie nach Hause kam, wartete Kusine Freda bereits im Garten mit Kaffee und Kuchen, umgeben von ihren «lahmen Enten», die sich um sie gelagert hatten und – wie Säuglinge nach der Mutterbrust – nach Lebenshilfe verlangten. Freda war ganz in ihrem Element. Sie saß breitbeinig in ihrem Strandkorb im Garten, der von den Gästen respektiert wurde wie ein Königsstuhl, und vergab Lob und Tadel.

«Heute haben wir ein Jubiläum», verkündete sie gerade. «Fräulein Rubens hat eine Woche lang keinen Asthma-Anfall gehabt.»

«Das habe ich nur Ihnen zu verdanken, Schwester Freda», zwitscherte das magere Fräulein beglückt. «Seitdem ich bei Ihnen richtig atmen gelernt habe, geht es mir wirklich viel besser.»

«Sie sind auch eine gelehrige und folgsame Schülerin», lobte Freda gnädig und warf ihr gleichzeitig einen Blick zu, der deutlich sagte: Untersteh dich noch einmal, mich nachts aus dem Bett zu holen!

«Herzlichen Glückwunsch», riefen die Damen und rückten zur Seite, damit Nora sich neben ihre Kusine setzen konnte.

Am Abend sah man dann gemeinsam *Was bin ich?* oder *Dalli, Dalli.* Oder Freda erzählte von ihrer Zeit als Krankenschwester: «Mit den jungen Dingern heute wird vielleicht ein Theater gemacht, aber wir konnten, auch als wir älter waren, bis zum Umfallen schuften. Da hieß es nur, solange noch Patienten zu versorgen sind, geht uns keiner von der Station, und wenn's Mitternacht wird.» Einmal sei so ein junges Ding zu ihr gekommen und habe sich bitter über einen Patienten beklagt. Nicht auszuhalten sei es mit ihm, und vor der Operation sei er so lustig und anspruchslos gewesen.

«Da habe ich gesagt» – Freda war aufgestanden und schenkte Eierlikör ein – «liebe Schwester Gisela, habe ich gesagt, wir sind nicht dazu da, nette Gesunde zu bedienen, sondern Kranke zu pflegen, und Krankheit verändert den Menschen nun mal.»

Am liebsten jedoch sprach Freda von dem Bild über dem Sofa im Fernsehzimmer. Ein Gast, der nicht als erstes bewundernd fragte: «Sind Sie das auf dem Bild, Schwester Freda?» brauchte nicht damit zu rechnen, daß sein zum Trocknen aufgehängter Bademantel rechtzeitig vor einem Regenschauer von der Leine geholt oder der Kaffee frisch aufgebrüht wurde, wenn er verschlafen hatte. Das Bild zeigte eine junge Schwester in Rot-Kreuz-Tracht, die auf einem Schlachtfeld Verwundete mit Wasser versorgt. Es war ein farbenprächtiges Gemälde mit goldgelben Weizenfeldern im Hintergrund, einem tiefblauen Himmel und einer auf der Wiese aufgepflanzten Hakenkreuzfahne, die man förmlich im Wind knattern hörte. Freda erzählte jedem Gast von dem jungen Soldaten, der bei ihr im Lazarett gelegen hatte. Er war Kunstmaler gewesen und hatte ihr dieses Bild verehrt. Die Hakenkreuzfahne allerdings, das mußte Freda zugeben, war ein Schönheitsfehler. Manche Gäste guckten daher auch etwas komisch, enthielten sich aber jeder Bemerkung, denn bei Freda wohnte man preiswert, und der Service war so vorzüglich wie der Kaffee.

Das Wetter schlug um. Der Regen klatschte gegen die Fensterscheiben, als würde das Häuschen durch eine Autowaschstraße geschoben, und der Wind frischte auf. Die Gäste reisten vorzeitig ab, und Freda sagte etwas sorgenvoll zu Nora: «Hoffentlich kann ich wenigstens das große Doppelzimmer zwischendurch vermieten, ehe der letzte Schub kommt, dann ist die Saison sowieso vorbei.»

Sie hatte den Satz kaum beendet, da hörten sie Autoreifen auf dem Kies knirschen. Ein BMW hielt vor dem Haus. Das Ehepaar, das ihm entstieg – Mittvierziger im Jogging-Dreß und mit Lederkoffern –, sah nach Geld aus. Freda betrachtete die beiden, als sie auf die Haustür zukamen, mit einiger Skepsis: «Ob die nun gerade zu uns passen?»

Sie bat sie ins Fernsehzimmer, und während sie den Schlüssel holte, hörte sie die Frau trompeten: «Nun sieh dir das an! Ein richtiger Blut-und-Boden-Schinken aus der Nazizeit. Die Person scheint nichts dazugelernt zu haben.»

Mit hochrotem Kopf trat Freda wieder ins Zimmer. Stumm führte sie das Paar nach oben. «Gut, gut», sagte die Frau mit ihrer schrillen Stimme, und dann zu ihrem Mann gewandt: «Was meinst du?»

«Für die paar Tage wird's reichen.» Er blickte gelangweilt umher.

In diesem Augenblick ließ sich eine dicke Spinne von der Decke fallen und plumpste ins Zahnputzglas. Die Eheleute sahen sich an, ergriffen wortlos die Koffer, und weg waren sie.

Zuerst lachte Freda, aber dann sagte sie, sie habe fürchterliche Kopfschmerzen, und verschwand in ihrem Zimmer.

Als Nora ihr eine Tasse Tee brachte, lag sie auf dem Bett und starrte zur Decke. «Da hat man sich ein ganzes Leben für andere Menschen geplagt, und wie wird man zum Schluß genannt? Eine unbelehrbare Nazisse.»

Es lag Nora auf der Zunge zu sagen, sie hätte das Bild längst in die Bodenkammer verbannen sollen. Aber sie konnte auch verstehen, daß Freda daran hing. Es waren so viele Erinnerungen damit verknüpft, und wer fühlte sich nicht geschmeichelt, wenn er von einem Verehrer in Öl verewigt wurde? Außer dem Hakenkreuz gab es ja auch nichts, dessen sie sich hätte schämen müssen.

«Warst du nun eigentlich in der Partei oder nicht?» fragte Nora, die früher so etwas im Familienkreis hatte munkeln hören.

Freda nickte trotzig. «Ich bin 1936 eingetreten. Damals waren wir Schwestern ja wie verrückt wegen der Olympiade, und den letzten Schubs hat mir dann einer von unseren Professoren gegeben, für den hab ich damals geschwärmt.» Später, im Krieg, als sie miterlebte, wie die hohen Diener des gepriesenen Staates ganze

Züge requirierten, um sich und ihre Beute in Sicherheit zu bringen, während das Lazarettpersonal sehen konnte, wo es mit seinen Verwundeten blieb, hatte sie sich nicht mehr getraut, ihr Parteibuch zurückzugeben.

Freda war Schwester aus Passion geworden. Selbst die lange Durststrecke mit Flurebohnern und Bettpfannenleeren, die jede Schwesternschülerin zurücklegen mußte, konnte ihre Begeisterung nicht dämpfen. Den Krieg hatte sie auf Hauptverbandsplätzen und in Lazaretten mitgemacht. Als OP-Schwester mußte sie nicht selten bis zu fünfzehn Stunden assistieren – in ehemaligen Klassenzimmern und Turnhallen, bei Kerzen- und Taschenlampenlicht und unter Beschuß feindlicher Artillerie. Auch nach dem Krieg gab es für sie kein Ausruhen. Anfangs hatte sie in Berlin gepflegt, dann war sie nach Westdeutschland gegangen. Aber auch in dem Krankenhaus dort mußte sie ihr Zimmer mit anderen Schwestern teilen. Erst als sie Mitte Vierzig war, konnte sie in dem neu eingerichteten Schwesternhaus ihr eigenes kleines Appartement beziehen.

«Meine Leistung war schnell vergessen, aber meine Parteizugehörigkeit – die hat man mir oft genug vorgeworfen. Deshalb bin ich wahrscheinlich auch nicht Oberschwester geworden.»

«So ein kleiner PG wie du, das kann ich mir nicht denken», sagte Nora.

«Hast du eine Ahnung! Im Krankenhaus wußte das jeder, und die jungen Schwestern vor zehn Jahren waren nicht zimperlich, die verwendeten das glatt gegen mich, wenn ich mich über sie beschweren mußte. ‹Das Flintenweib› haben sie mich hinter meinem Rücken genannt. War auch dumm genug von mir, ihnen von meinem EK II zu erzählen.» Freda schlug in neuer Wut über die angetane Kränkung mit der Faust heftig auf die Bettdecke.

«Na, na», begütigte Nora, «vielleicht warst du einfach manchmal zu autoritär mit ihnen.»

Aber darauf ging die Kusine nicht ein. «Die Partei war nicht meine einzige Dämlichkeit. Ich frag mich oft, für wen ich eigentlich meine Jugend geopfert habe. Zu nichts ist man durch diesen verdammten Krieg gekommen.» Freda zögerte einen Augenblick. «Nicht mal richtig zu 'nem Mann.»

«Aber der Arzt, von dem du soviel erzählt hast?»

Freda schüttelte voller Bitterkeit den Kopf. «Du warst wenigstens verlobt», sagte sie düster. «Als ich zum erstenmal erfahren, wie süß der Liebe Freuden sind . . . alles Quatsch!» Aber dann lächelte sie. «Ich war schon zufrieden, seine Hände zu berühren, während ich ihm die Instrumente reichte. Ich fühlte mich dann richtig gefeit gegen Tod und Angst, auch beim schlimmsten Beschuß!»

«Ach, Freda», sagte Nora.

Doch ihre Kusine hatte sich schon wieder gefangen. «Und das auch noch mit Gummihandschuhen an den Pfoten!» Sie lachte herzhaft.

Es klingelte an der Haustür. Freda erhob sich. «Hoffentlich sind diese Widerlinge nicht zurückgekommen.»

Aber es war Fredas Neffe Rolf mit seiner Freundin. «Können wir bis morgen bleiben?»

«Ihr habt Glück», sagte Freda, «ich habe Platz.»

«Sie brauchen auch nur ein Bett zu beziehen», sagte das junge Mädchen zuvorkommend.

«Wie bitte?» fragte Freda.

Das Mädchen wurde rot. «Sie meint, für mich genügt der Schlafsack.» Rolf sprang der Freundin bei. «Kuck mal, Sigrid, das Bild überm Sofa. Irre, was?» lenkte er dann ab.

«Wirklich unheimlich stark», sagte das Mädchen immer noch verlegen.

«Ich erwarte nicht, daß es euch gefällt.» Freda war ganz reserviert.

Die beiden blickten erstaunt. «Es ist echt gut, und die Frau drauf liegt genau auf'm Trend.»

Fredas Gesicht wurde wieder freundlicher. «Das bin ich», und schon war sie wieder bei ihrem Lieblingsthema.

Nora ging in die Küche. Während sie den beiden ein paar belegte Brote zurechtmachte, hörte sie, wie ihre Kusine von dem Kunstmaler erzählte, und weil sie so interessierte Zuhörer gefunden hatte, servierte sie ihnen auch noch schnell das EK II.

«Einfach irre, einfach stark», hörte Nora die beiden abwechselnd rufen. Und dann bot Freda ihnen Eierlikör an und – Nora traute ihren Ohren nicht – begann von ihrer Jugend zu sprechen und daß sie auch in der Partei gewesen sei, denn damals, 1936...

O Gott, bloß das nicht! Nora stöhnte. Bloß jetzt keine endlosen Diskussionen mit den jungen Leuten über das Wieso und Warum. Sie brachte schleunigst die Brote hinein, um das Gespräch zu unterbrechen. Dabei stellte sie fest, daß die eben erst angebrochene Likörflasche bereits halbleer war. Aber es drohte keine Gefahr. Rolf und Sigrid saßen aneinandergekuschelt auf dem Sofa, lächelten verklärt und hörten offensichtlich nur halb zu. Sie waren ebenso intensiv mit sich beschäftigt wie Freda mit ihrer Vergangenheit.

Als sie die Brote gegessen und ihre Milch getrunken hatten, sagten die beiden, sie wollten noch einmal kurz zum Strand. Sie gingen zur Garderobe, und Nora trug das Tablett in die Küche.

«Total mit den Nerven parterre, deine Tante, wie?» hörte sie das Mädchen sagen. «Und Weltmeister im Reden.»

«Ich glaube, sie hat Probleme mit dem Alkohol», meinte Rolf. «Kippt ganz schön einen weg, die alte Dame.»

«Ach, deshalb kuckt sie wie'n Uhu nach'm Waldbrand.»

«Das mußt du verstehen», sagte Rolf. «In unserer Gesellschaft hat doch so ein alter Mensch gar keine Perspektive.»

Dann klappte die Haustür zu.

11

Sturm und Regen waren bei Noras Abreise an der Nordsee zurückgeblieben, ebenso das von Freda ordentlich in Pergamentpapier gewickelte und in eine Plastiktüte verstaute Stullenpaket. Unterwegs vermißte Nora ihre Brote. Erst nach einigem Nachdenken fiel ihr wieder ein, wo die Tüte stehengeblieben sein mußte. Am Fahrkartenschalter. Weil sie ihr Portemonnaie nicht gleich fand, hatte sie der Hintermann mit seinem «Konfuses Weib»-Gemurmel ganz durcheinandergebracht. Mit jedem Kilometer, den sich der Zug von der Küste entfernte, besserte sich das Wetter. Trotzdem gaben ihre vom frischen Seewind verwöhnten Bronchien erschreckte Pfeiftöne von sich, als sie auf einer größeren Bahnstation das Fenster herunterzog und tief durchatmete, so muffig war die Luft trotz des strahlenden Oktobertages. Aber vielleicht war auch nur eine Erkältung bei ihr im Anzug.

Eine Frau um die Vierzig war ins Abteil gekommen; sie redete bereits auf Nora ein, ehe sie richtig saß. Anscheinend bestand ihre Lebensaufgabe darin, sich dauernd ihre Wohnung neu einzurichten. Sobald sie damit fertig war, begann sie über neue Variationen nachzudenken, wanderte nach Büroschluß durch Lampen- und Möbelgeschäfte, suchte, prüfte und verwarf. Diesmal hatte sie, wie sie Nora erzählte, das Ei des Kolumbus in einer Frauenzeitschrift entdeckt, die das mobile Elementsystem für jeden Wohnbereich empfahl.

«Leben Sie allein?» fragte Nora. Sie konnte sich nicht recht vorstellen, daß es Männer gab, die diesen Tick mitmachten. Die meisten schrien doch schon Zeter und Mordio, wenn man ihren abgetragenen Bademantel ausrangieren wollte.

«Ich bin ein Single», sagte die Frau mit etwas verkrampftem Lächeln. Diese Allerweltsrezepte gegen die Einsamkeit, dachte Nora: Ein kuschliges Heim, und schon sah die Welt angeblich rosiger aus. Das Modewort «Single» änderte daran auch nichts.

Nora erinnerte sich an die Zeit nach dem Tod ihres Vaters, als sie bei Freunden herumgehangen hatte. Lilo, die treue Seele, hatte vergeblich versucht, ihr einen Mann zu verschaffen. Eine leichte Verbitterung mußte in Noras Gesicht zu lesen gewesen sein, denn der gute Fritz hatte gelegentlich ihre Hand gestreichelt und «armes Tier» gemurmelt.

«Idiot, hol lieber mal 'n Bier», hatte Lilo gesagt.

Nora sah den Schaffner im Gang. So im Profil erinnerte er sie fast ein wenig an Alfredo, einen Freund von Fritz, damals frisch geschieden aus Chile herübergekommen, um sich in der Bundesrepublik nach einer neuen Existenz umzusehen. Lilo und Fritz trieben Nora und Alfredo zusammen, und wie erwartet fingen sie etwas miteinander an. Alfredo war ein eigenartiger Mensch mit merkwürdigen Angewohnheiten. Wenn er sie in dem Zimmer neben dem Sarggeschäft besuchte und sie ihm die Tür öffnete, schoß er, bevor sie ihn begrüßen konnte, an ihr vorbei zum Radio und schaltete es ein. Manchmal war er verschlossen und in sich verpuppt, dann wieder redete er unerwartet mit großer Eindringlichkeit über Sachen, von denen sie nichts verstand und die sie langweilten. Da ihn das Licht der Straßenlampen störte, schlief er stets mit einer Schlafmaske, was ihn wie eine Science-fiction-Figur aussehen ließ. Seine heftig wechselnden Stimmungen irritierten sie. Wie ein nervöses Huhn flatterte sie um ihn herum. Trotzdem machte sie von dieser eher quälenden Beziehung viel her und tat alles, um ihr nach außen hin den Anschein von Leidenschaft und Verliebtheit zu geben. Und herzeigen konnte man Alfredo auch. Er war groß und schlank. Wenn sie in einem Lokal mit ihm aufkreuzte, sahen sich die Frauen nach ihm um. Doch dieser langentbehrte Triumph hielt nicht lange vor. Einmal, als Alfredo wieder schweigsam und abgekapselt bei ihr herumsaß, während sie vergeblich versuchte, ihn aus der Reserve zu locken, brüllte sie ihn an: «Spiel nicht den Prinzen vom anderen Stern!» Da war er gegangen und – sie wollte es nicht glauben – nie mehr zu ihr zurückgekehrt.

Lilo und Fritz hatten versucht, sie in ihrem Selbstbewußtsein wiederaufzurichten. Sie machten ihr den inzwischen nach Chile zurückgekehrten Alfredo nach Kräften madig.

«Ich denke, er gehört zu euren besten Freunden?» Nora war ganz erstaunt.

«Du stehst uns näher», sagte Fritz und streichelte und umarmte sie herzhaft. Lilo zog die Augenbrauen hoch: «Fritz, laß das, bitte!»

Für eine jüngere alleinstehende Frau war die Freundschaft mit Ehepaaren oft ein rechter Balanceakt. Der gute Fritz! Einmal waren sie nahe dran gewesen. Gott sei Dank hatte sie den Kopf behalten. Immerhin konnte sie sich in der Vorstellung wiegen, daß er vielleicht, von ihrer starken Erotik vernebelt, ohne Rücksicht auf Verluste tatsächlich mit ihr abgezogen wäre. Sie lachte laut auf und sah auf ihre Armbanduhr. Gleich würde der Zug halten.

Die Frau, die ihr gegenübersaß, sah sie irritiert an. «Mögen Sie keine starken Farbkontraste?»

«Doch, sehr!» versicherte Nora, die keine Ahnung hatte, wovon die Rede war. Sie machte sich fertig zum Aussteigen.

Zu Hause packte sie den Koffer aus, wobei Sand aus jedem Kleidungsstück rieselte. Da klingelte es an der Wohnungstür. Es war die Sozialarbeiterin der Wohnungsgesellschaft.

«Mußte Frau Weiß wieder ins Krankenhaus?» fragte Nora erschrocken.

«Wenn es nur das wäre!» Die junge Frau wirkte trotz

intensiver Sonnenbräune blaß und abgespannt. «Während ich im Urlaub war, hat ihre Enkelin sie in ein Pflegeheim abgeschoben.»

Nora bat sie herein. Erschöpft ließ sich die Sozialarbeiterin in einen Sessel fallen und griff nach dem Zigarettenpapier. Sie erzählte, daß Frau Weiß einen Schlaganfall bekommen habe und gleich vom Krankenhaus umquartiert worden war. «Das wäre nicht passiert, wenn man bis zu meiner Rückkehr damit gewartet hätte», rief sie aufgebracht. «Nicht dieses Heim. Die sind dort mit Personal so unterbesetzt, daß alles hopp-hopp gehen muß. Da beraubt man so einen alten, hilflosen Menschen doch seiner sozialen Funktion.»

Nora wollte Frau Weiß' Enkelin verteidigen. «Sie hat selber nur eine winzige Wohnung, leicht ist es ihr bestimmt nicht gefallen. Auch mir ist bis jetzt nichts Nachteiliges über dieses Heim bekannt geworden.»

Die Sozialarbeiterin sah sie an, als wollte sie sagen: Na, dann geh mal gefälligst hin und mach dir selbst ein Bild, dann würdest du anders reden. Nora hatte ein schlechtes Gewissen und ärgerte sich gleichzeitig darüber. Sie versprach, die alte Frau öfter einmal zu besuchen. Nur müsse sie jetzt beruflich leider viel unterwegs sein. Sie selbst habe ihren Vater bis zu seinem Tode gepflegt und nicht in fremde Hände gegeben.

«Ach, wirklich», sagte die Sozialarbeiterin, die menschliche Not in allen Schattierungen täglich überreichlich serviert bekam, mit höflichem Desinteresse. «Auf jeden Fall gebe ich Ihnen die Adresse.»

Nora spürte plötzlich Sehnsucht nach einer verständnisvollen Seele und rief Lilo an, ob sie auf einen Sprung vorbeikommen könne. Die Stimme ihrer Freundin klang matt und die Antwort seltsam.

«Meinetwegen, vor dir muß ich mich ja nicht genieren.» Sie legte auf, ehe Nora sie fragen konnte, was mit ihr los sei.

Ganz gegen ihre Gewohnheit öffnete Lilo die Haustür nur einen Spalt, bevor sie den Riegel zurückschob, und schockte ihre Freundin mit einer riesigen dunklen Brille.

«Um Gottes willen», rief Nora, «ist was mit deinen Augen?»

«Nicht direkt», sagte Lilo ausweichend, «komm erst mal rein.»

Wie sich herausstellte, hatte Lilo sich liften lassen. Das Ganze war gestern nachmittag in der Praxis eines Schönheitschirurgen über die Bühne gegangen, und die Augen waren noch blutunterlaufen und geschwollen.

«Ich trau mich nicht mal zum Einkaufen», sagte Lilo, «und erzähl mir bloß nichts Trauriges, Tränen kann ich mir heute nicht leisten.»

Sie spendierte Sekt, zur Feier des Wiedersehens und um ihre eigenen Lebensgeister wieder etwas aufzufrischen, und Nora erzählte von Arnold Arnold und ihrer Kusine Freda. Lilo betrachtete sich immer wieder im Handspiegel und fragte: «Macht es mich jünger?» Dann kam Nora auf das Schicksal ihrer Nachbarin zu sprechen.

«Bald sind wir auch soweit», seufzte sie.

«Ich laß mich gerade erst renovieren», beschwerte sich ihre Freundin, «und du tust, als wären wir hilflose Greisinnen.»

Nora war nicht zu bremsen: «Ein paar Bilder und ein eigener Stuhl, das ist alles, was einem bleibt.»

«Mir wär's wurscht, auf was ich sitze», erklärte Lilo, «vermissen würde ich ganz was anderes.»

«Was denn?» fragte Nora.

«Männer», sagte Lilo melancholisch. «Die würden mir fehlen.»

«Diese Kriegsdienstverweigerer sollen ja ganz entzückend zu alten Menschen sein», spottete Nora. Sie lachten beide, daß ihnen die Tränen kamen, und Lilo fing an zu schimpfen: »Hör endlich auf! Oh, wie das brennt!»

«War das nicht das Telefon?» fragte Nora. Tatsächlich, Lilo ging in den Flur. Mit einem ganz merkwürdigen Gesichtsausdruck kam sie wieder zurück. «Weißt du, wer angerufen hat?»

«Keine Ahnung», sagte Nora.

«Alfredo», sagte Lilo und starrte mißbilligend auf Noras Friedlandrock. «Er kommt für 14 Tage mit seiner Frau her. Ich soll ihm ein Hotel besorgen.»

«Was für ein verrückter Zufall», sagte Nora. «Während der Bahnfahrt mußte ich fortwährend an ihn denken. Da habe ich jemand getroffen, der ihm ähnlich sah . . .»

«Verschone mich mit deinen Geschichten über wildfremde Leute. Sag mir lieber, wie dir jetzt zumute ist.» Lilo musterte neugierig ihre Freundin.

«Wenn ich eine der modernen jungen Frauen wäre, würde ich sagen, ich muß hinter mir Ordnung schaffen, damit ich wieder nach vorn blicken und die Sonne sehen kann», sagte Nora. «Aber genaugenommen ist Alfredo auch ohne ‹Aufarbeitung› schon längst kein Pfahl mehr in meinem Fleisch. Vielleicht zwickt's mich hin und wieder mal so wie Rheuma beim Wetterumschwung.»

«Trotzdem solltest du ihm nicht unbedingt in diesem Aufzug unter die Augen treten», sagte Lilo.

Das Wiedersehen mit Alfredo verlief recht undramatisch. Seine fast dreißig Jahre jüngere Frau war alles andere als eine Schönheit und wirkte ziemlich robust. Aber der große Altersunterschied mußte sie für Alfredo in eine Art Elfenwesen verwandelt haben, dem man nicht einmal zumuten konnte, sich selbst ein Taxi zu bestellen. Er sah immer noch recht passabel aus, und als sich ihre Finger unabsichtlich berührten, durchzuckte es Nora etwa mit der Stromstärke einer Taschenlampenbatterie, deren beide Pole sie in der Kriegszeit gern mit der Zunge berührt hatte, um festzustellen, ob sie sich noch ein wenig wieder aufladen würden.

Sie unterhielten sich lebhaft über vergangene Zeiten. Seine Frau hörte sich ihr Palaver eine halbe Stunde mit an und erklärte dann, sie würde, wenn sie nichts dagegen hätten, noch kurz einen Einkaufsbummel machen.

«Aber warum denn?» Alfredo guckte so unglücklich, daß ihm seine Ehefrau beschwichtigend die Hand auf die Schulter legte, als wollte sie sagen: «Nur Mut, sie wird dich nicht gleich abschleppen.» Nora hätte ihm am liebsten unter dem Tisch einen Tritt versetzt. Aber sie beherrschte sich, machte weiter ein freundliches Gesicht, und allmählich verlor sich sein ängstlicher Ausdruck; er wurde wieder gelöster und versuchte sogar zum Schluß, auch für sich ein paar Funken aus dieser Begegnung zu schlagen. Als seine Frau nach einer Stunde zurückkehrte, schlug er einen gemeinsamen Theaterbesuch vor. Man solle so eine alte Freundschaft mehr pflegen, meinte er. Die junge Frau warf Nora einen nachdenklich-prüfenden Blick zu und durchkreuzte – das war Noras stiller Triumph – mit großer Liebenswürdigkeit jedes von ihrem Mann ausgedachte Programm zu dritt. Trotzdem trafen sie noch zwei, drei Mal zusammen, und als der Tag der Abreise gekommen war und sie die beiden am Flughafen verabschiedet hatte, fühlte Nora sich auf eine angenehme Weise aufgepulvert.

Sie beschloß, ein guter Mensch zu sein und gleich morgen Frau Weiß im Pflegeheim zu besuchen. Doch dazu war es inzwischen zu spät. Im Briefschlitz steckte die Todesanzeige. Schuldbewußt ging sie zur Beerdigung, eine lästige, unpersönliche Angelegenheit. Der

Pastor hatte um diese Jahreszeit viel zu tun. Arnold Arnold hätte das bestimmt besser gemacht. Niedergeschlagen kehrte Nora in ihre Wohnung zurück. Kurz darauf klingelte es. Vor ihr stand die Enkelin der Verstorbenen. In der Hand hielt sie ein in Packpapier eingeschlagenes Päckchen. «Das soll ich Ihnen von meiner Omi geben.» Es war das Postkartenalbum der alten Frau.

«Das kann ich nicht annehmen», sagte Nora beschämt, «es ist bestimmt recht wertvoll. Ich hab ihr immer wieder zugeredet, es zu verkaufen.»

«Sie ist auch so anständig unter die Erde gekommen», sagte die Enkelin und machte das gleiche abweisende Gesicht wie die Großmutter. «Geschenkt ist geschenkt.»

12

Nora war erst eine Woche wieder zu Hause, da bekam sie einen Brief von einer ehemaligen Zimmergenossin aus der Frauenfachschule, mit der sie in den ersten Nachkriegsjahren häufig zusammengewesen war. Hanni fragte an, ob Nora Zeit hätte, ihren Sohn und Enkel zu versorgen. Ihre Schwiegertochter müsse zur Kur. Sie selbst sei leider verhindert, da ihr Mann ganz plötzlich eine Gürtelrose bekommen habe.

Während sie den Brief las, fühlte Nora sich sogleich in ihre Mädchenjahre versetzt, und lauter Hanni-Dramen fielen ihr wieder ein. Nicht daß die herzensgute Hanni ein komplizierter Mensch gewesen wäre. Sie war hilfsbereit, fröhlich und ohne Launen, aber ihre Hektik hatte schon in der Schule das Leben mit ihr schwer erträglich gemacht. Ihre bebende Nervosität schien sich sogar auf Nahrungsmittel und Haushaltsgeräte zu übertragen: Eier platzten, wenn sie sie nur ansah; das Fett in der Pfanne, in der sie panierte Sellerieschseiben briet, die man Kriegskoteletts nannte, geriet in Brand; und sobald sie ihre Füße auf das Trittbrett der Nähmaschine setzte, rammten sich die so kostbar gewordenen Nadeln im Stoff fest und konnten nur mit einer Zange wieder herausgeholt werden. Hannis Stimme tönte durch den Eßsaal der Frauenfachschule wie Dohlengekreisch; sie drang durch jede Zimmerwand, ja selbst durch die dicken Mauern des Kartoffelkellers unter dem Gewölbe des ehemaligen Klosters.

Wer mit Hanni reiste, wurde von ihrem Reisefieber so angesteckt, daß er den Zug fast verpaßte, seinen Mantel im Abteil hängen ließ oder seinen Personalausweis vergaß, was im Krieg bei den häufigen Kontrollen recht unangenehm war. Das fürchterlichste Erlebnis teilte Lilo mit ihr. Sie war bei Hanni zu Besuch, und die Eltern schickten die beiden Mädchen zum Hausmeister, um ihm etwas auszurichten. Sie fanden ihn tot in seiner Küche; er war von seiner Frau im Streit erstochen worden.

Ein paar Tage später wurde Hanni von einem jungen Mann auf dem Motorrad nach Hause gebracht. Als er sie abgesetzt hatte und wieder startete, fuhr er ohne ersichtlichen Grund gegen einen Baum und brach ein Bein. Seither galt Hanni in ihrer Familie als Unglücksrabe, und die Berliner Verwandten, bei denen sie sich übers Wochenende angesagt hatte, erschauerten, als sie in die Tür trat, während die Luftschutzsirenen heulten, und harmlos fragte: «Komme ich zu spät?»

Trotzdem fand Hanni einen vertrauenerweckenden, fleißigen Mann. Während sie, vibrierend wie ein Trekker im Leerlauf, die Wohnung in Schwingungen versetzte, schaffte er sich stillschweigend sein eigenes kleines Refugium an Ruhe und Gemütlichkeit. Er baute sich den Keller aus und verschwand mit seinem Sohn, ihrem einzigen Kind, an den Wochenenden hinter einer zehn Zoll dicken Stahltür, deren Schlüssel er wie seinen Augapfel hütete. In der ersten Zeit hatte Hanni gelegentlich an der Tür gerüttelt und Einlaß begehrt, aber jedesmal hatten Vater und Sohn wie aus einem Mund gerufen: «Nicht reinkommen, wir machen gerade ein Experiment!» Nach zwei Stunden stiegen die beiden mit gestärkten Nerven nach oben und ließen Türenschlagen, Scheppern und lautes Gerede wieder sanftmütig über sich ergehen.

Doch dann entwendete Hanni ihrem Mann heimlich den Kellerschlüssel und ließ sich einen Nachschlüssel anfertigen. Als Vater und Sohn an einem Sonntag nachmittag in ihren Bau schlüpfen wollten, fanden sie ihn bereits besetzt: Hanni erwartete sie mit Kaffee und Kuchen. Die Überraschung war gelungen, aber anders, als Hanni erwartet hatte. Der sonst so wortkarge Günther verfärbte sich, und seine Stimme stand plötzlich der ihren an Lautstärke nicht nach. «Wenn du uns hier noch ein einziges Mal störst, laß ich mich scheiden!» brüllte er.

Hanni war fassungslos. Sie hatte es schließlich nur gut gemeint. Selbstgebackene Apfeltorte war der Lieblingskuchen der beiden Männer. Tief gekränkt, mit Tränen in den Augen, aber voll schweigender Würde stellte sie Tassen und Kaffee und den herrlich duftenden Kuchen wieder auf das Tablett. Martin lief das Wasser im Munde zusammen. «Laß ihn doch hier», konnte er sich nicht verkneifen zu bitten. Wortlos öffnete seine Mutter das Kellerfenster, lockte den Nachbarhund, der auf dem Sims lag und sich sonnte, und verfütterte Stück um Stück die Apfeltorte an das Tier, das hingerissen jaulte und schmatzte. Martin und sein Vater sahen sich an, aber sie wagten nicht zu protestieren. Dann ging Hanni, immer noch schweigend, nach oben und rief Nora an, um ihr die Geschichte weinend zu berichten. Den Keller aber betrat sie nie wieder. Nicht einmal, als Martin laut aufbrüllte, weil er sich in den Daumen gesägt hatte.

Martin wurde ein Abbild seines Vaters. Weder in der Schule noch zu Hause gab es Probleme mit ihm. Aus einem ruhigen, freundlichen Jungen wurde ein ruhiger, freundlicher Mann. Er studierte auf der Bundeswehrhochschule und diente seine zwölf Jahre bei den Fliegern ab. Er war verheiratet, und auch er hatte nur ein Kind, einen Sohn.

Seine Frau hatte er auf etwas ungewöhnliche Weise in einem Pariser Hotel kennengelernt. Es war ein billiges Hotel, und danach waren auch die Zimmer. Sie waren praktisch nur durch die Tapetentür vom Flur getrennt, die im Zugwind alle Augenblicke aufsprang. So erblickte er im Licht des frühen Morgens im gegenüberliegenden Zimmer ein schlafendes Mädchen, das anscheinend wegen der sommerlichen Temperaturen kein Nachthemd trug. Kavalier, der er war, stand er von da ab jedesmal auf und zog beide Türen wieder ins Schloß, denn der Hausbursche, der früh um fünf mit einem

Besen von der Größe eines Handfegers begonnen hatte, den Staub auf den abgetretenen Kokosläufern von Stockwerk zu Stockwerk zu verteilen, sagte deutlich erfreut: «Oh, là là!» Im Frühstücksraum stellte sich Martin dann dem Mädchen vor. Sie freundeten sich an und durchstöberten gemeinsam Paris. Ein halbes Jahr später heirateten sie. Hanni nannte ihre Schwiegertochter «ein fideles Haus» und war im großen und ganzen mit ihr zufrieden, bis auf eine gewisse Überspanntheit, die ihr nicht zusagte. Aber die modernen Mädchen seien nun mal so.

Nora hatte den anspruchslosen Martin in angenehmer Erinnerung. Es würde nicht schwierig sein, ihm den Haushalt zu führen. Deshalb sagte sie Hanni zu und traf ihre Reisevorbereitungen. Sie packte ihren Koffer und suchte sich einen geeigneten Zug heraus, um zu dem Fliegerhorst, auf dem Martin stationiert war, zu fahren. In einer Bundeswehrsiedlung bewohnte er die übliche Dienstwohnung, der anzusehen war, daß er und seine Frau sich wenig Gedanken über die Einrichtung gemacht hatten. Dazu war die schwere Couchgarnitur mit der großblumigen Tapete im Hintergrund zu wuchtig. Martin bemerkte Noras kritischen Blick. «Ich hab die Möbel von meinem Vorgänger übernommen. In zwei Jahren ist meine Zeit um, da lohnt es sich nicht, jetzt neue anzuschaffen. Aber wie findest du das?» Er zeigte ihr eine Art Baldachin aus den Bahnen eines Fallschirms, der über die Hausbar gespannt war.

Martin und Nora tranken einen Campari, dann fand sich auch der Junge ein und machte seinen Diener. Es wurde ein gemütlicher Abend, an dem jeder zu Wort kam. Martin erzählte einige Diensthistörchen und mokierte sich über den Geiz der höheren Offiziere.

«Einmal in der Woche gibt's bei uns den Beercall, das heißt, bis 18 Uhr wird das Bier kostenlos oder sehr verbilligt im Offizierskasino ausgeschenkt. Aber wenn man nach dem Dienst an die Bar kommt, ist die völlig von den höheren Rängen blockiert. Schlag sechs Uhr herrscht dann wieder gähnende Leere.» Er räkelte sich in seinem Sessel. «Auch geht man, wie ich finde, mit fremdem Geld sehr verschwenderisch um. Da ist es doch vorgekommen, daß man ein Flugzeug nur zur Briefbeförderung eingesetzt hat, weil im Briefmarkenetat Ebbe herrschte. Und das für ein Porto in Höhe von 30 Mark!»

«Der Steuerzahler hat's ja», sagte Nora.

An seinen freien Tagen war Martin viel mit der Privatmaschine eines Freundes unterwegs, die dieser ihm großzügig zur Verfügung stellte. «Kläuschen nehm ich meist mit», sagte Martin und lächelte seinen Sohn an.

«Und die arme Monika?» fragte Nora. «Die laßt ihr allein zu Haus sitzen?»

«Sie macht sich nichts aus dem Fliegen», erklärte Martin etwas verlegen. «Sie spielt lieber Tennis.»

«Ich werd sie fragen, wenn sie zurück ist, ob's stimmt», drohte Nora lachend. «Ich bin schon sehr gespannt auf deine Frau.» Sie betrachtete sich interessiert die Fotos, die Martin ihr zeigte. Dann spielte sie mit Kläuschen vor dem Zubettgehen noch Monopoli.

Erst gegen halb neun wurde Nora wach. Vater und Sohn waren so leise gewesen, daß sie nicht gehört hatte, wie sie aufgestanden waren. Der Frühstückstisch war für sie gedeckt, ein Ei steckte unter einer Kapuze, und frische Brötchen lagen in einem Bastkörbchen. Solche Männer gibt es also auch noch, dachte Nora und ließ es sich schmecken.

Nachdem sie das Geschirr in die Spülmaschine geräumt und das Wohnzimmer gesaugt hatte, ging sie im Laden um die Ecke einkaufen. Die Frauen aus der Bundeswehrsiedlung musterten sie neugierig. Eine von ihnen, mit sportlicher Figur und energischem Gesicht, sprach sie an und stellte sich vor. Es war die Frau des Kommandeurs, die sie gleich fragte, ob sie nicht Lust hätte, mit den Offiziersfrauen an einem Kosmetikkurs teilzunehmen; sie habe ihn organisiert. Anscheinend hatte sich Noras Besuch schon herumgesprochen. Die Kommandeuse fragte nach Monika. «Ein bißchen hibbelig, die Kleine», sagte sie und legte ein Pfund Kaffee in ihren Einkaufswagen. «Wurde Zeit, daß sie mal hier rauskam.»

Am Abend rief Monika an. Nora deckte gerade den Tisch und wollte sich zurückziehen, aber Martin winkte ab. Und tatsächlich, außer «Wirklich?» und «Erhol dich weiter» sagte er in dem Zwanzig-Minuten-Gespräch so gut wie nichts.

Die Tage liefen friedlich dahin. Kläuschen machte

keinerlei Schwierigkeiten. Er erledigte seine Schularbeiten von allein, half Nora sogar in der Küche und lag sonst am liebsten auf seinem Bett und las.

Nora fragte Martin nach seinen Eltern. «Es geht ihnen gut», sagte Martin. «Vater ist allerdings recht schwerhörig geworden. Seitdem lobt er Mutter. Sie ist die einzige, die klar und deutlich spricht und nicht so vor sich hinnuschelt wie die anderen.»

Nora erheiterte ihn mit Geschichten, die sie mit Hanni im Internat erlebt hatte. Sie hatten nie mit ihr ins Kino gehen wollen, weil dann bestimmt der Film andauernd riß oder der Vorführer eingezogen war und die Vorstellung ganz ausfiel. Und einmal wäre Hanni von der Wäschemangel fast skalpiert worden. Martin lächelte: «Typisch Mutter!»

Als sich der Tag von Monikas Rückkehr näherte, kam Martin ins Gästezimmer, druckste ein wenig herum und sagte dann:

«Kannst du nicht ein paar Tage länger bleiben? Ich meine, wenn du nicht was Wichtiges vorhast. Kläuschen und ich sind ja den halben Tag nicht da, und Monika hat gern Gesellschaft.»

«Wenn du meinst», sagte Nora.

Am Ankunftstag seiner Mutter begann der sonst so ruhige Klaus merkwürdige Symptome zu zeigen. Er hampelte herum, trommelte mit den Fingern auf den Tisch und knallte mit den Türen, daß Nora zusammenfuhr.

Es war Nora zwar bekannt, daß Kinder alle abgelegten Unarten wieder zeigten, sobald die Mütter in Sicht waren, aber bei Klaus wäre sie nicht auf die Idee gekommen. Auch Martin wirkte verändert. Er hatte sich am letzten Abend ordentlich einen angekümmelt.

«Du freust dich wohl, daß morgen deine Frau wiederkommt», sagte Nora verständnisvoll.

Und dann war Monika zurück. Nora meinte, eine neue Ausgabe von Hanni vor sich zu haben. Jedenfalls kam sie sich vor wie auf einem Schiff, das in schwerer See hin und her rollt. Söhne bleiben ihren Müttern treu, dachte Nora. Es war kaum zu glauben, was dieses zierliche Ding für eine Hektik verbreitete. Sie fegte durch die winzige Wohnung, riß Schranktüren und Schubladen auf, knallte sie wieder zu und verstreute ihre Sachen auf sämtliche Möbel, während Martin unentwegt dabei war, sich zu bücken, aufzuheben, einzusammeln. Kläuschen hatte sich zu einem Freund verzogen. «Schade, daß ich zum Dienst muß», sagte Martin; die Erleichterung in seiner Stimme war nicht zu überhören. «Aber ihr werdet euch sicher einen schönen Tag machen.»

Gegen elf – Monika hatte seit dem Frühstück ununterbrochen auf sie eingeredet – wurde Nora auf einmal schlecht. Sie ging ins Badezimmer und setzte sich erschöpft auf den Klodeckel. Sie brauchte unbedingt Ruhe. Am besten, sie ging zum Friseur.

Die Friseuse wirkte etwas verwirrt, als Nora versicherte, sie habe viel Zeit und nichts dagegen, wenn erst die Kundin, die nach ihr gekommen sei, bedient würde. Aber Nora wollte nicht vor ein Uhr zu Monika zurückkehren. Anschließend konnte sie sich dann zu einem Nachmittagsschläfchen zurückziehen. So aß sie recht heiter das vorzügliche Mittagessen, das Monika inzwischen zubereitet hatte. Danach verbrachte sie eine Stunde im Bett. Als Monika um halb vier leise nach ihr sah, hielt sie die Augen fest geschlossen. Den Redeschwall während des Kaffeetrinkens um halb fünf überstand sie in leidlicher Haltung. Dann schlug sie einen Kinobesuch vor.

Das Abendessen mit Martin und Kläuschen wurde sehr unruhig. Monika stand mindestens zehnmal vom Tisch auf, so daß schließlich alle in ihren Sog gerieten und sich gegenseitig anrempelten bei dem Bemühen, jeden Löffel einzeln in die Küche zu tragen. Nora ertappte sich dabei, daß sie in der Küche stand und nicht mehr wußte, was sie dort wollte; auch verbrannte sie sich die Finger, weil sie den falschen Wasserhahn erwischte.

Danach wurde es etwas ruhiger. Während sie ihren Rotwein tranken, kam auch Martin kurz zu Wort. Kläuschen begann eine Geschichte aus der Schule zu erzählen, wurde aber von seiner Mutter gleich wieder unterbrochen, die lebhaft dazwischenfuhr:

«Martin, ich hab eine große Überraschung für euch. Seit meinem Flug nach Frankfurt habe ich plötzlich Spaß am Fliegen gefunden. Von nun an werde ich euch begleiten.» Sie strahlte ihren Mann an: «Was sagst du denn dazu?»

Martins Finger zitterten ein bißchen, als er sich die Pfeife zu Ende stopfte. Dann fixierte er seine Frau, und Nora hüstelte nervös. Auf keinen Fall wollte sie die unvermeidliche Demütigung der armen Monika miterleben. Sie erhob sich hastig. Aber ehe sie die Tür erreicht hatte, sagte Martin zu Noras Verwunderung resigniert: «Fein! Würde dir Sonntag nachmittag passen?»

Nur Klaus zappelte wieder herum und verzog das Gesicht, als hätte man ihm ein Vergnügen verdorben. Seine Mutter strich ihm liebevoll übers Haar.

«Aber Kläuschen, du brauchst keine Angst um deine Mutter zu haben. Ich bin ja kein Unglücksrabe wie deine Großmama. Mit mir passiert euch schon nichts.»

13

So gut hast du es wirklich lange nicht gehabt, dachte Nora und stellte die Dusche heißer. Und dafür wirst du auch noch bezahlt!

Schon zwei Wochen lang leistete sie Frau Freytag Gesellschaft. Anders konnte man ihre Tätigkeit kaum bezeichnen. Frau Freytag kochte und backte selbst, und jeden zweiten Tag kam eine Putzfrau.

Lilo hatte Nora erst überreden müssen, das Angebot anzunehmen. «Die alte Dame wohnt zwar mit ihrer Tochter Inge zusammen», beruhigte sie Nora, «aber es gibt zwischen ihnen keine Schwierigkeiten. Sie geht ganz ihre eigenen Wege und ist ebenso patent wie Inge. Außerdem, du hast doch Inge bei mir kennengelernt. Hattest du da den Eindruck, daß sie sich so leicht unterbuttern läßt?»

«Eigentlich nicht», gab Nora zu. «Hat sie wohl einen Freund?»

«Man munkelt etwas von einem verheirateten Mann», sagte Lilo. «Sie ist ja nun auch schon um die Vierzig.»

Die Achtzigjährige wohnte mit ihrer Tochter Inge in einem Vorort der Stadt, in der Nora lebte. Da die

Tochter während ihres Urlaubs die Mutter nicht allein lassen wollte, sprang Nora für sie ein.

Gegenüber alten Damen, die mit ihren längst erwachsenen Töchtern noch so innig verhakt waren, fühlte Nora eine gewisse Skepsis. Sie hörte über diese Art der «Verfilzung» genügend Unerfreuliches. Selbst Frauen in verantwortungsvollen Positionen, die es an Durchsetzungsvermögen durchaus mit ihren männlichen Kollegen aufnehmen konnten, gelang es nicht, sich bei ihren Müttern zu behaupten. Abendeinladungen nahmen sie deshalb auch nur mit gewissen Bedenken an und sahen ab elf nervös auf die Uhr: «Mutter wartet!» Hatte die Tochter Gäste zu Hause, ließ die Mutter sich bei der Begrüßung zwar nicht blicken. Dafür kam sie dann mitten im Gespräch dauernd ins Zimmer gewuselt: «Lassen Sie sich bitte nicht stören, ich hab nur kurz eine Frage . . .» Schließlich verlor man den Faden, die Unterhaltung versandete, und die Gäste brachen etwas verlegen auf. Während sie sich den Mantel anzogen, war die Mutter irgendwo im Hintergrund und ermahnte die Tochter: «Kind, vergiß nicht, die Tür abzuschließen . . .»

Inge arbeitete als Fürsorgerin in einem Stadtteil mit hoher Jugendkriminalität, und ihre gelassene Autorität wurde auch von Rockern und Punkern respektiert. Sie besuchten sie sogar hin und wieder in ihrem Amtszimmer, flegelten sich auf den Stühlen herum und scherzten, wenn sie ihnen die Leviten las, voll ruppiger Zuneigung: «Mal wieder flexibel wie 'n Kriegerdenkmal, was?», ehe sie mit knallenden Stiefelabsätzen davonmarschierten.

Inges kleine, abgeschlossene Wohnung, in der Nora Quartier bezogen hatte, war ein ausgebauter Dachboden und lag über den Räumen der alten Dame. Über eine Treppe vom Flur aus konnte man sie erreichen. Die verwinkelten beiden Zimmer waren mit ein paar hübschen alten Stücken ausgestattet. Das Haus selbst lag in einem verwilderten Garten hinter Rotdornhecken und Schneeballbüschen versteckt, die allerdings jetzt im Dezember mit Papier und Bierdosen verunziert waren und den Blick auf eine Einbahnstraße freigaben. Unten wartete gewiß wie immer ein liebevoll zubereitetes Frühstück auf Nora, mit Aufschnitt, Marmelade, Honig, einem Ei und vorzüglichem Kaffee.

In den ersten Tagen hatte es um das Frühstück einen höflichen Streit gegeben. Frau Freytag war der Ansicht: «Am besten frühstücken wir, wenn Sie ausgeschlafen haben. Wenn ich Sie oben herumlaufen höre, setze ich das Kaffeewasser auf.»

«Aber dafür bin schließlich ich da», sagte Nora.

«Lassen Sie mir doch die Freude», erklärte Frau Freytag.

Nora hörte den Wasserkessel pfeifen. Ehe sie das Zimmer verließ, hakte sie die Fensterflügel ein, hängte die Waschlappen an die Haken über dem Waschbecken, statt sie über den Rand der Badewanne zu legen, wie sie es am ersten Tag getan hatte. Frau Freytag, die gerade mit Obst und Mineralwasser nach oben gekommen war, hatte das moniert und gebeten, auch die Blumenvase nicht auf den Schreibtisch zu stellen. «Das gibt so leicht einen Rand!» Nora fügte sich gutmütig. Alte Menschen waren nun mal besonders hartnäckige Gewohnheitstiere.

Alte Menschen! Frau Freytag war zwanzig Jahre älter als sie. Der Altersunterschied war genauso groß zwischen ihr und Inge, aber der war ihr kaum bewußt. Auch war die Achtzigjährige beweglicher als Nora und ging mit der Zeit. Sie machte stundenlange Spaziergänge und verstand nicht, daß Nora so schnell müde wurde. Im Fernsehen hörte sie sich gern politische Diskussionen an, während Nora viel lieber einen Krimi sah, bei dem sie nicht denken mußte. Die alte Dame hatte sich sogar ehrenamtlich für die Telefonseelsorge zur Verfügung gestellt. Sie lud Nora zweimal in moderne Theaterstücke ein, die diese nicht verstand, und schwärmte von Beuys.

Es war Nora sehr unangenehm gewesen, daß sie gleich in der ersten Woche eine fiebrige Erkältung bekommen hatte und ins Bett mußte. Aber Frau Freytag zeigte sich besorgt und pflegte sie rührend, wenn auch auf etwas altmodische Art mit Wadenwickeln, Schwitzkur und einem selbstgebrauten Kräutertee, den sie ihr, frisch aufgebrüht, stündlich hinaufbrachte.

«Vielen Dank!» Nora schüttelte sich, der Tee schmeckte wirklich grauenhaft. «Hoffentlich stecke ich Sie nicht an.»

Frau Freytag strahlte sie mit ihren immer noch

erstaunlich blauen Augen an. «Mich? Ich hab 'ne Roßnatur. Inge ist da viel empfindlicher. Vorsicht!» Sie nahm Nora die Tasse ab. «Daß kein Fleck auf die Steppdecke kommt. Sie ist so umständlich zu reinigen.»

Nora setzte sich an den Frühstückstisch. Gerührt betrachtete sie den Weihnachtsmann aus Schokolade, der vor ihrem Teller stand. Auf dem Adventskranz brannten zwei Kerzen, denn es war der zweite Advent. Der Duft von Bohnenkaffee und Tannennadeln erfüllte sie mit Behagen. Inge wußte gar nicht, wie gut sie es mit ihrer Mutter getroffen hatte.

Nora dachte an ihre eigene Mutter, die auf der Flucht umgekommen war. Von einer Minute zur anderen hatte sie, die von den Eltern Verwöhnte, Verantwortung übernehmen und für sich selber sorgen müssen. Sie erinnerte sich an das Krankenhaus, in dem sie nach dem Krieg mit Typhus gelegen hatte. Fünfundzwanzig war sie damals gewesen und in einem Saal mit dreißig anderen Frauen untergebracht. Als sie eines Tages merkte, daß sie plötzlich fast taub war, schrie der Arzt ihr tröstend ins Ohr: «Manche werden auch blind davon! Vielleicht haben Sie ja Glück, und es gibt sich wieder.» Noch schwach und zittrig wurde sie sehr schnell wieder entlassen, denn Betten waren knapp, und auf dem Bauernhof wartete bereits der Vater darauf, von ihr versorgt zu werden.

Für die nächste Tasse Tee bedankte sie sich besonders herzlich. Frau Freytag wehrte ab. «Es macht mir doch Spaß. Und Sie kennen sicher den Spruch:

Willst du glücklich sein im Leben,
trage bei zu andrer Glück;
denn die Freude, die wir geben,
kehrt ins eigene Herz zurück!»

Sie lachte. «Den Vers hat mir meine Mutter ins Poesiealbum geschrieben.»

«Ihre Tochter ist wirklich zu beneiden», sagte Nora aus ehrlichem Herzen. «Und dann diese gemütliche Wohnung mit den schönen alten Möbeln. Der Sekretär ist ja ein Kunstwerk und sicher sehr wertvoll.»

«Das meiste stammt aus meiner Familie», erklärte Frau Freytag. «Ich hab die Sachen Inge raufgestellt. Sie hat so viel Freude dran. Der Sekretär ist ihr Lieblingsstück, und ein alter Mensch wie ich kann gern darauf verzichten.»

Wenn sie hier schon das Leben einer bezahlten Drohne führte, wollte Nora wenigstens eine gute Zuhörerin sein, als sie wieder gesund war. Aber die alte Dame war viel erpichter auf das, was Nora zu erzählen hatte. Sie fragte nach ihren Eltern, nach der Flucht, nach ihrem Beruf. Nora redete und redete, bemerkte es und sagte beschämt: «Da bin ich ja ordentlich ins Schwatzen gekommen.»

«Ich bin sehr beeindruckt davon», sagte Frau Freytag, «wie tapfer Sie Ihr Leben gemeistert haben.»

«Wirklich?» Nora war geschmeichelt und fühlte

sich endlich verstanden. Bisher war niemandem ihr Schicksal als außergewöhnlich aufgefallen.

«Und Sie leben allein?» fragte Frau Freytag. «Fühlen Sie sich da nicht manchmal einsam?»

Nora hätte das ehrlicherweise verneinen müssen, aber da man ihr schweres Leben endlich einmal zu würdigen wußte, sagte sie melancholisch: «Manchmal schon. Besonders an den Wochenenden.»

«Nun trinken wir erst mal einen Tropfen.» Frau Freytag ging in die Küche. Nora wäre zwar ein Bier lieber gewesen, aber Frau Freytag sagte, das sei ein ordinäres Getränk, sie ziehe Wein vor. Zu vorgerückter Stunde, die Flasche war fast leer, vertraute sie Nora an, daß sie hin und wieder noch Gedichte mache, und begann gleich, eines zu zitieren.

«So war ich mir bis heute nicht bewußt,
daß du erhebst an jedem jungen Morgen
dein schönes Haupt gestärkt an meiner Brust,
an der du es die ganze Nacht geborgen.»

Und sie gestand, daß sie sich vor zwei Jahren noch einmal heftig verliebt hatte. «In meinen Hausarzt. Aber die Sprechstundenhilfe, so ein junges Ding, gab mir zu verstehen, daß es höchst überflüssig sei, jeden Tag in der Praxis aufzukreuzen. Das brachte mich zur Vernunft.»

Nora sah sie bewundernd an. Wirklich mutig, dachte sie, darüber so unbefangen zu sprechen. Ich hätte nicht den Schneid, so etwas in meinem Alter zuzugeben.

Natürlich sprach Frau Freytag auch von ihrem verstorbenen Mann und den Kindern und von ihrer Schwiegertochter: «Ganz reizend, aber von Haushalt keine Ahnung. Letzte Weihnachten hat sie mir eine Maschine geschenkt, mit der man Joghurt herstellen kann. Dreißig Stück auf einmal! Dabei hasse ich Joghurt.» Der Sohn rief regelmäßig am Dienstag und Donnerstag abend zwischen sieben und acht Uhr an. Nora hatte schnell herausgefunden, daß es in dieser Zeit nicht ratsam war, ans Telefon zu gehen oder selbst zu telefonieren. Auch sonst gab es einiges zu beachten. Frau Freytag kaufte nur in bestimmten Läden ein, und daran hatte sich Nora strikt zu halten. So mußte sie zwanzig Minuten und länger laufen, obwohl es dasselbe Vollkornbrot, das Frau Freytag bevorzugte, gleich um die Ecke im Supermarkt billiger gab.

Nach einiger Zeit begann sich bei Nora ein vages Unbehagen einzustellen wie unter einer zwar leichten, aber zu warmen Daunendecke. Wenn sie vom Einkauf zurückkam, wartete sie schon förmlich darauf, daß die Tür zum Wohnzimmer sich öffnete und die alte Dame mit liebenswürdigem Lachen etwas beanstandete oder kritisierte: Bei dem scheußlichen Ostwind sei sie wieder ohne Kopftuch losgegangen. Warum sie denn eine Plastiktüte genommen habe statt des praktischen Einkaufskorbs. In Wirklichkeit saß Frau Freytag oft in diesem Augenblick ganz friedlich an ihrem Schreibtisch und beantwortete ihre Briefe. Manchmal wäre Nora gern etwas früher aufgestanden. Aber sie traute sich nicht, die morgendliche Routine der alten Dame, die sie erst gegen halb neun Uhr unten erwartete, zu stören. Einmal brachte sie sich einfach zwei Flaschen Bier vom Einkaufen mit und schmuggelte sie in ihr Schlafzimmer. Sie trank abends im Bett voller Genuß eine Flasche und schlief so herrlich wie noch nie. Plötzlich wurde es hell im Zimmer. Sie setzte sich erschreckt auf und griff nach ihrer Brille. Die alte Dame stand im Morgenrock in der Tür.

«Hab ich Sie geweckt? Es hat über mir so gepoltert, und da dachte ich, Sie sind vielleicht aus dem Bett gefallen. Aber es war wohl nur diese Flasche hier.» Sie hob die Bierflasche vom Boden auf. «Ich nehm sie am besten gleich mit nach unten. Nachts Bier? Bekommt Ihnen das denn?» Sie schlappte wieder davon.

Am Tag der Rückkehr ihrer Tochter zeigte Frau Freytag eine gewisse Nervosität. Sie kaufte selbst ein – «Inge liebt nur ganz bestimmten Aufschnitt» – und sah immer häufiger auf die Straße: «Sie müßte längst hier sein.» Endlich hielt das Taxi vor dem Haus, und Inge kam braungebrannt und blühend herein.

«Hallo, Mamchen!» Ihre Munterkeit wirkte, wie Nora fand, etwas aufgesetzt. «Ich hoffe, du hast mich vermißt.» Sie gab ihrer Mutter einen Kuß.

«Frau Lechow und ich hatten es sehr gemütlich», sagte Frau Freytag. «Kind, was bist du wieder dünn angezogen. Wir sind hier nicht in Tunesien!»

«Ich bin richtig eifersüchtig, so begeistert hast du das

Loblied von Frau Lechow in deinem Brief gesungen», sagte Inge. «Gibt's bald Abendbrot? Ich hab einen Mordshunger.»

«Erst ziehst du dir eine Jacke an», mahnte Frau Freytag.

Sie saßen zu dritt am Eßtisch. Inge schnitt sich ein Stück Salami ab und mümmelte: «Herrlich, mal wieder etwas Kräftiges zwischen den Zähnen zu haben.»

«Hab ich extra für dich besorgt.» Frau Freytag stand auf. «Ich hol uns eine Flasche aus dem Keller.»

Als sie das Zimmer verlassen hatte, sagte Inge: «Sie müssen ja prächtig miteinander ausgekommen sein. Mutters Brief hätten Sie mal lesen sollen!»

«Das sind wir auch», bestätigte Nora. «Soviel Fürsorge ist man gar nicht mehr gewohnt. Darf ich schon aufstehen? Ich muß noch meinen Koffer packen.»

Aber Frau Freytag, die gerade mit der Flasche Wein kam, hielt sie zurück. «Wo wollen Sie denn hin, Frau Lechow? Wir müssen auf Inges Rückkehr anstoßen.»

Beim Anstoßen blieb es allerdings nicht, und nach dem dritten Glas ließ Inge die Katze aus dem Sack.

«Hätten Sie nicht Lust, ganz hierher zu ziehen? Ich will mir im Frühjahr eine eigene Wohnung im Zentrum nehmen, dann habe ich es bequemer zum Amt.»

«Sie hat nämlich einen Freund», sagte Frau Freytag anklagend, «das ist es! Aber er ist verheiratet. Ihretwegen wird er sich kaum scheiden lassen.»

«Das laß meine Sorge sein, Mamchen.» Inges Urlaubsbräune bekam einen Stich ins Gelbliche.

«Ein sehr verlockendes Angebot», sagte Nora höflich. «Aber der Mensch hängt nun mal an seinen alten vier Wänden, obwohl meine schon recht schäbig sind, das muß ich zugeben. Ich bin auch nicht mehr die Jüngste, und jede Veränderung fällt mir schwerer. Aber es ist sicher kein Problem, einen Mieter für die entzückende Wohnung zu finden. Sie haben ja einen so großen Freundeskreis, Frau Freytag, und viele alleinstehende Freundinnen.»

«Freundinnen?» Inges Lachen klang schrill. «Mamchen braucht keine Freundin. Sie braucht eine Tochter.»

«Inge», sagte Frau Freytag.

Nora machte, daß sie nach oben kam.

«Du wirst sehen, er heiratet dich nicht», hörte sie Frau Freytag mit einer ganz fremden, quengeligen Greisinnenstimme sagen. «Und du schleppst mir nicht die Möbel weg. Der Sekretär bleibt auf jeden Fall hier.»

Inge erwiderte etwas, das Nora nicht verstand.

«Das Beste vom Leben ist der Tod!» schrie die alte Dame plötzlich und ging türenknallend in die Küche.

Denn die Freude, die wir geben . . . Nora warf ihren Koffer aufs Bett. Sie sah sich noch einmal in der Mansarde um. Was für ein behagliches Zimmer. Fast konnte man es schnurren hören.

14

Weihnachten wollte Nora bei Lilo verbringen. Sie fürchtete sich ein wenig vor dem Abend, der für Lilo mit trüben Erinnerungen verknüpft war. Am Spätnachmittag machte sie sich auf den Weg. Doch zwischen dem fünften und vierten Stockwerk stieß der Fahrstuhl einen fast menschlichen Seufzer aus und blieb stecken. Nora drückte den Alarmknopf. Nichts rührte sich. Nur eine der Grillen, die ihr Winterquartier im Heizungskeller hatten, schien gerade auf Entdeckungsreise unterwegs zu sein. Jedenfalls begann hinter einer der Leisten ein schrilles Zirpen. Nora bummerte gegen die Tür.

«Der Fahrstuhl ist mal wieder kaputt», hörte sie die Mieter sich auf der Treppe zurufen.

«Steckt jemand drin?»

«Ich!» brüllte Nora.

«Warum drücken Sie nicht auf den Alarmknopf?» sagte eine Männerstimme.

«Hab ich ja!»

«Sie müssen fest drücken», mahnte die Stimme. Dann wurde es still. Nora lehnte ihre Plastiktüte mit der Aufschrift *Zum Feste das Beste* vorsichtig gegen die Fahrstuhlwand und versuchte noch einmal, die Zentrale zu erreichen.

«Was is?» fragte jemand durch die Sprechanlage barsch.

«Ich sitze fest», erklärte Nora und gab Namen und Hausnummer an. «Wird's lange dauern?»

«Mit zwei Stunden müssen Sie schon rechnen. Wir haben schließlich Heiligabend.»

«Vielen Dank, daß Sie mich daran erinnern», sagte Nora wütend. «Das war mir ganz entfallen.»

Sie nahm eine Flasche Piccolo aus der Tüte, wickelte sie aus und setzte sich auf das Weihnachtspapier. Sekt würde die Nerven beruhigen. Sie öffnete die Flasche. Den Gesang der Grille und das Dröhnen von Kirchenglocken im Ohr, starrte sie auf das in die Fahrstuhlwand eingeritzte RAF-Zeichen der Roten Armee Fraktion und dachte an Lilo, die sicher bereits auf sie wartete.

Arme Lilo! Es hatte Jahre gegeben, da war die Vergangenheit weit weg gewesen, aber mit dem Alter drängte sie sich wieder in den Vordergrund. Lilos kleiner Bruder war am Heiligabend geboren. Nora rechnete nach. Es war schwer, sich ihn als Mann von Mitte Vierzig vorzustellen. *«Ri-ra-rutsch! Wir fahren in der Kutsch, wir fahren in der Schneckenpost, wo es keinen Pfennig kost.»* Philipps Stimmchen war auf einmal wieder in Noras Ohr. Lilo hatte ihn nach dem Tode ihrer Mutter ganz unter ihre Fittiche genommen. «Philipp, wo bist du, wo steckst du, was machst du? . . .» Lilos Freunde fanden ihre Fürsorge reichlich übertrieben. «Mußt du diesen Plärrfrosch überall mitschleppen?» Der Krieg war schneller dagewesen als ein Gewitter, und Lilo mußte mit ihm und dem Vater überstürzt fliehen. Um den schlaftrunkenen Philipp rascher aus dem Bett zu bekommen, hatte sie ihm ausgemalt, wie schön die Fahrt mit der Eisenbahn sein würde und daß er vielleicht sogar auf die Lokomotive klettern dürfe. Unterwegs geriet der Zug unter Artilleriebeschuß, und in dem Durcheinander der Deckung suchenden Flüchtlinge war Philipp verlorengegangen.

Lilos Fritz, den sie kurz vor Kriegsende geheiratet hatte, kam unversehrt aus der Gefangenschaft zurück, und auch die Freundinnen fanden sich wieder. Aber Philipp blieb verschollen. Jahrelang hatte sein fröhliches Mäusegesicht mit den abstehenden Ohren in Bahnhöfen und Amtszimmern ausgehangen. *Gesucht wird* . . .

Der Fahrstuhl setzte sich wieder in Bewegung, und ein Mechaniker nahm Nora unten in Empfang. Seine Bierfahne mischte sich mit dem Sektgeruch. Er blinzelte ihr verständnisvoll zu: «Meine Rede: Ein Schluck in Ehren . . . Na denn, fröhliche Weihnachten.»

Der Weihnachtsabend verlief heiterer, als Nora erwartet hatte. Lilo interessierte sich für Frau Freytag und Inge. Wer hätte gedacht, daß die alte Dame ein heimlicher Tyrann war. «Hast du eigentlich schon was Neues in Aussicht?» fragte sie Nora.

«Bis jetzt noch nicht.» Nora räkelte sich träge von all dem guten Essen. «Vielleicht sollte ich wirklich mal eine Annonce aufgeben.»

Aber das war nicht nötig, denn zu ihrem großen Erstaunen rief kurz nach Neujahr ihre ehemalige Redakteurin an und fragte, ob sie dem früheren Professor ihres Mannes nicht beim Ordnen seiner Bibliothek behilflich sein und Manuskripte für seine wissenschaftlichen Studien abtippen könne.

«Er ist ganz reizend», versicherte die Redakteurin. «Seine zweite Frau kennen wir allerdings nicht. Er hat kurz vor seiner Pensionierung noch einmal geheiratet.»

«Vielen Dank für den Tip», sagte Nora erfreut. «Und wie geht's Ihnen und der Familie?»

Die Redakteurin seufzte. «Karl-Heinz hat Schwierigkeiten mit unserem Sohn in der Schule. Diese altmodischen autoritären Strukturen, wie sie dort noch bestehen, sind eben völlig überholt. Auch beklagt er sich, daß ich zu den Elternsprechtagen nie mitkomme, aber ich habe gerade erst einen neuen Job gefunden, und die Probezeit ist noch nicht vorbei.»

Sie gab ihr die Adresse des Professors, und Nora rief ihn noch am gleichen Tag an, denn jetzt im Januar kam ihr diese Stelle gerade recht.

Professor Wesp war selbst am Apparat. Er hatte eine liebenswürdige Stimme, aber sein häufiges Räuspern verriet seine Schüchternheit. Dann übergab er seiner Frau den Hörer, die Zeit und Honorar mit Nora ausmachte.

Als der Taxifahrer sie zwei Tage später vor dem ländlichen Grundstück der Wesps absetzte, blieb Nora einen

Augenblick entzückt stehen. Der Schneeregen der letzten Nacht war gefroren, so daß der Garten aussah, als hätte ein Riese einen Sack voller Edelsteine auf Bäume und Sträucher geschüttet. Sogar die kleine Villa mit ihren Türmchen und Erkern und den mit Schnitzereien verzierten Holzbalkons glitzerte in der strahlenden Mittagssonne wie eine Glimmerkarte aus Noras Kindheit. Die Haustür öffnete sich, und durch den verzauberten Garten trippelte ihr eine zierliche Frau entgegen, und der märchenhafte Eindruck verstärkte sich. Sie sah in ihrem gelben Hosenanzug mit dem schwarzen Rollkragenpullover tatsächlich so aus, wie sie hieß. Wie eine schon leicht vertrocknete Wespe. Sie reichte Nora die linke Hand. Die rechte trug sie in einer Schlinge. Nach der liebenswürdigen Begrüßung ging sie vor Nora ins Haus, dessen freundlicher Eindruck wie weggewischt war, als sie das Wohnzimmer betraten. Mit seinen altmodischen und riesigen, sehr dunklen Möbeln wirkte es ungemütlich und abweisend, ein Eindruck, der durch die niedrige Zimmertemperatur noch verstärkt wurde. Ein großer schwarzer Hund erhob sich und strich knurrend um Noras Beine.

«Laß das, Peterle!» Frau Wesp beugte sich zu dem Höllenhund hinunter und streichelte ihn. «Er hat manchmal so seine Mucken, aber mit Kindern ist er wirklich goldig! Diese Rasse wird als besonders familienfreundlich empfohlen. Er war sogar schon auf einer Hundeschule, unser Peterle. Und hat einen Hotelausweis.» Sie kramte eine Art Paß aus einer Schublade und zeigte ihn Nora. «Nebenstehender Hund», las Nora, «ist innerhalb eines Lehrganges für einwandfreies Verhalten speziell zu gesittet ruhigem Benehmen in Gaststätten, Hotels und allen Gesellschaftsräumen erzogen.» Peterle knurrte lauter und fletschte sein stattliches Gebiß.

Nora, die erschreckt zurückgewichen war, griff nach hinten, denn etwas Undefinierbares hatte sie im Genick gestreift. Sie hielt einen Wollfaden in der Hand. «Oh, Sie sind an meine Alarmanlage gekommen.» Sie sah Frau Wesp verdutzt an. «Ich habe zur Tarnung vor Türen und Fenster Wollfäden gespannt, damit die Einbrecher denken, das Haus wäre durch eine Alarmanlage geschützt», erklärte Frau Wesp und zog den Hund zu seinem Korb. «Aber zusätzlich habe ich fast alle Wertsachen so gut versteckt, daß keiner sie finden würde. Doppelt genäht hält besser.» Sie lachte und öffnete die Tür. «Hans», zirpte sie, «Frau Lechow ist angekommen. Wir wollen Tee trinken.»

Der Professor kam ins Wohnzimmer. Er war ein kugeliger, kurzbeiniger Mann, der aus gutmütigen, bebrillten Augen in die Welt blickte. Der sieht nun eher wie 'ne Hummel aus, dachte Nora. Eine freundliche, arglose Hummel. Nora mochte Hummeln.

Der Tee dagegen erinnerte sie an das Getränk armer chinesischer Kulis, wie sie Pearl Buck in ihren Büchern beschrieben hat. Ein Blättchen Tee für die ganze Familie. Und die angebotenen Pfeffernüsse, die offenbar noch von Weihnachten stammten, ließen sie um ihre

Zähne bangen. Während Nora vorsichtig an einer herumknabberte, demonstrierte Frau Wesp ungetrübtes Eheglück, was der Professor verlegen über sich ergehen ließ. Zwar war es Frau Wesp erst mit fünfzig Jahren vergönnt gewesen, in den Stand der Ehe zu treten, und es war erst ein Jahr her, daß sie diesen klugen, wenn auch natürlich ohne sie völlig hilflosen Witwer gefunden hatte. Aber nun konnte sie nur staunen, wie trübe es doch um so viele Ehen rundherum bestellt war. Sie sah ihren Mann an. «Nicht wahr, Hans?» Doch der zog gerade ein Notizbuch aus der Tasche und starrte geistesabwesend auf seine Notizen.

«Ein richtiger zerstreuter Professor, mein Hänschen», sagte Frau Wesp mit einem Auflachen. «Wenn er vor dem Fernseher sitzt, kann ich das Programm umschalten, und er merkt es nicht einmal.» Der Professor seufzte.

Frau Wesp zeigte Nora ihr Haus und das Gästezimmer, in dem sie schlafen würde. Es war ein schlauchartiger dunkler, nach Norden gelegener Raum; an den Eisblumen ließ sich unschwer ablesen, wie selten das Zimmer geheizt wurde. Das altmodische Kastenbett sah auch nicht gerade bandscheibenfreundlich aus. Nora dachte beklommen an die bevorstehende Nacht.

Das behaglichste Zimmer in der Villa war das Arbeitszimmer des Professors. Es war luftig und hell und gut geheizt, mit großen Fenstern, die auf den Garten hinausgingen. Der Professor hatte sich bei ihrem Eintritt erhoben.

«Ich laß euch jetzt allein», sagte Frau Wesp und ging, den Hund auf den Fersen, die Treppe hinunter. Der Professor hatte gerade begonnen, Nora die Arbeit, die sie erwartete, zu erklären, da wurde er von seiner Frau bereits wieder gerufen.

«Du mußt noch mit dem Hund an die frische Luft!»

«Ja, ja, der Hund», murrte der Professor. «Der ist wichtiger als die Wissenschaft.»

Das Abendbrot war recht einfach. Ein paar Scheiben billigen Aufschnitts, etwas Schmelzkäse und Margarine aus dem Reformhaus, dazu Schwarzbrot. «Butter ist bei uns verpönt», erklärte Frau Wesp, «mein Mann hat einen zu hohen Cholesterinspiegel.»

Als sich Nora im Wohnzimmer in einen der Sessel setzen wollte, schnappte der Hund nach ihr. «Vorsicht», warnte der Professor besorgt, «das ist der Stuhl meiner Frau, da läßt er niemanden ran.»

In der Nacht fror Nora unter einer zu dünnen Decke. Im Zimmer war es so kalt, daß sie ihren Atem sehen konnte. Sie kroch aus dem Bett, um den Heizungsregler aufzudrehen, aber er war festgerostet. So legte sie sich ihren Wollmantel über die Beine. Morgen würde sie um eine zweite Decke bitten. Glücklicherweise würde sie ja die meiste Zeit in dem gemütlichen Arbeitszimmer des Professors verbringen.

Das Frühstück unterschied sich kaum vom Abendbrot. Graubrot, ein Klecks Pflaumenmus und etwas Margarine, mehr gab es nicht. Dafür war der Kaffee eine angenehme Überraschung. Er war heiß und stark.

Noras Energie erwachte. Sie erhob sich, um in das Arbeitszimmer zu gehen.

«Ich komme mit.» Der Professor stand gleichfalls auf.

«Nicht so eilig, mein Lieber. Ich wollte Frau Lechow bitten, ob sie eben mal für mich einkauft.» Sie zeigte auf ihren Arm. «Zu dumm, daß ich durch diese Sehnenscheidenentzündung so gehandikapt bin.»

«Wir hatten doch längst besprochen, daß du eine neue Putzfrau einstellst», sagte der Professor. «Ich verstehe eigentlich immer noch nicht, warum du die alte entlassen hast. Ich fand sie recht angenehm.»

«Du kennst ja meinen Grund», sagte Frau Wesp. «Aber darüber wollen wir jetzt besser nicht reden. Frau Lechow, wäre es möglich?»

«Natürlich, gern», sagte Nora und schlidderte kurz darauf mit einem Einkaufskorb voller leerer Flaschen die spiegelblanke Straße zu dem ein paar hundert Meter entfernten Dorfladen entlang. Als sie im Schlachterladen ihren Einkaufszettel hervorholte und ihn der Schlachtersfrau vorlas, erntete sie spöttische Blicke. «Ein Achtel Hack, ist das nicht zu reichlich?»

«Frau Wesp hat es so aufgeschrieben», verteidigte sich Nora verlegen.

«Ach so, die Frau Professor.» Das Lächeln wurde verständnisvoll.

Dagegen waren die Kartoffeln recht großzügig bemessen. Zehn Pfund hatte Nora auf dem Rückweg zu schleppen. Stolpernd und durch den schweren Korb mit dem Gleichgewicht kämpfend, kam sie erschöpft wieder in der Villa an.

«Sie Arme!» Frau Wesp ließ sie die Kartoffeln noch in den Keller bringen. Dann konnte Nora endlich, nachdem sie sich die Hände gewaschen und ihre Haare in Ordnung gebracht hatte, an die Arbeit gehen.

«Peterle, geh mit zu Herrchen», sagte Frau Wesp aufmunternd, und den leise knurrenden Hund hinter sich, betrat Nora das Arbeitszimmer. Der Professor lächelte erfreut.

«Na, endlich! Und einen Beschützer haben Sie auch gleich mitgebracht.» Er deutete auf Peterle, der gerade versuchte, sich eine Kuhle in den Teppich zu kratzen. Der Professor machte einen großen Bogen um ihn. «Er ist völlig auf meine Frau fixiert», erklärte er. «Auch mich hat er schon gebissen.»

Sie waren gerade ein wenig ins Plaudern gekommen, da streckte Frau Wesp den Kopf hinein. «Kommt ihr voran? Ich habe mir gedacht, es wäre besser, hier erst einmal etwas sauberzumachen. Vielleicht sollte Frau Lechow mal eben deine Bücher abstauben und kurz durchsaugen.»

«Wir haben Sie doch nicht zum Putzen engagiert», sagte der Professor ungehalten. Nora versicherte, es mache ihr nichts aus.

Als der Professor die kleine Trittleiter holen wollte, um ihr behilflich zu sein, meinte seine Frau: «Ich glaube, es ist Zeit für deinen Waldlauf. Denk daran, was der Arzt gesagt hat. Du mußt im Training bleiben. Denk an dein Herz.» Sein Protest nützte nichts. Von Frau und Hund begleitet, der sich inzwischen erhoben hatte und ihm seinen dicken Kopf in die Kniekehlen drückte, verließ er das Zimmer.

Immerhin, der Nachmittag gehörte der Wissenschaft, und der Professor nahm Nora mutig das Staubtuch aus der Hand und sagte: «Liebe Frau Lechow, was müssen Sie von uns denken.» Aber es war ihnen abermals nur eine kurze Pause gegönnt. Denn Frau Wesp hatte es sich in den Kopf gesetzt, mit Noras Hilfe mal so richtig im Haus auszumisten. Nora war zu feige, sich dagegen aufzulehnen; sie kam sich bald wie ein Dienstmädchen um die Jahrhundertwende vor, das vor Ermüdung aus dem Fenster gefallen war, weil es noch nach Mitternacht Gardinen aufhängen mußte. Dazu war sie halbgelähmt vor Kälte und sortierte mit klammen Fingern Taschentücher, Bettwäsche und Handtücher. Dabei entdeckte sie auch Frau Wesps todsichere Verstecke; aus Socken, Schuhen, Knopfschachteln rollte ihr Schmuck entgegen. Ab und zu kam der Professor hereingetrottet und machte einen mutigen Vorstoß.

«Wenn mir Frau Lechow jetzt nicht dieses Manuskript tippt, komme ich nicht weiter.» Manchmal gelang es ihm tatsächlich, sie loszueisen. Und einmal hatten sie – o Wunder – den ganzen Vormittag für sich, als Frau Wesp für eine längere Sitzung zum Zahnarzt mußte. Sie lockten Peterle ins Eßzimmer, und Herr Wesp drehte triumphierend den Schlüssel um: «Sei still, du Mistköter!»

Im Arbeitszimmer förderte Herr Wesp eine Flasche und zwei Gläser zutage und begann ein wenig von sich zu erzählen. «Ich weiß nicht, was mit meiner Frau los ist», seufzte er, «sie war so ganz anders, als ich sie kennenlernte. Ich bin immer gern hierhergegangen, wo sie wohnte. Es war so friedlich, das alte Haus, der schöne Garten. Allerdings haben wir von Anfang an fast nur in diesem Zimmer hier gesessen, das wohl früher von ihrem Vater benutzt wurde.» Sie wechselten das Thema, und der Professor lachte gerade herzhaft über Noras Schilderungen der Kunden in der Münchner Boutique, als Frau Wesps Stimme etwas schrill fragte: «Kommt ihr voran?» Der Professor hörte gar nicht mehr auf, sich zu räuspern.

«War's schlimm beim Zahnarzt?»

«Es war auszuhalten», sagte Frau Wesp, «aber Peterle hat sich draußen eine Zecke aufgelesen, merkwürdig, jetzt im Winter. Könntest du mal eben, mit der linken Hand geht es so schlecht.» Der Professor machte ein so angewidertes Gesicht, daß Nora sich anbot.

«Hoffentlich beißt er mich nicht.»

«Ich halte seinen Kopf fest», versprach Frau Wesp. Aber Peterle dachte nicht ans Beißen. Er schien zu spüren, daß Nora ihm nur helfen wollte. Als die Prozedur vorbei war, winselte er leise und leckte ihr sogar dankbar die Hand.

Seitdem war sein Verhalten Nora gegenüber wie umgewandelt, und Frau Wesp bekam fast eine Nervenkrise, weil er wütend nach ihr schnappte, als sie sich auf ihren gewohnten Stuhl setzen wollte. Sie legte sich weinend ins Bett. Der Professor telefonierte mit dem Leiter der Hundeschule, der versprach, sie gleich am nächsten Morgen aufzusuchen, um das eigenartige Verhalten des Hundes zu analysieren.

Das Abendbrot nahmen der Professor und Nora allein ein. Nora ging mit einem Tablett in Frau Wesps Schlafzimmer. Die sah sie schweigend an, und Nora erschrak über ihren bösen Gesichtsausdruck. «Frau Lechow», sagte sie leise, «ich vermisse eine Brillantnadel. Ein wertvolles Erbstück meines Vaters, des Sanitätsrats. Ich hatte es in der alten Zuckerdose versteckt.»

«Da war keine Nadel», sagte Nora kühl.

«Ich weiß es genau», beharrte Frau Wesp.

Nora wurde dunkelrot: «Wollen Sie behaupten, ich hätte sie genommen?» Frau Wesp blieb ihr eine Antwort schuldig. Sie strich sich ein Brot und schenkte Nora keinerlei Beachtung mehr. Fast wäre Nora in ihrer Erregung über den Hund gestolpert, der vor der Tür schwanzwedelnd auf sie wartete.

«Herr Professor, ich reise ab», rief sie. Vergeblich versuchte Herr Wesp sie umzustimmen. «Sie werden mir fehlen», sagte er betrübt, «was mache ich nur ohne Sie?»

Am nächsten Morgen rechnete Nora mit Frau Wesp ab. Das Ergebnis war mager, aber sie hatte keine Lust, sich mit dieser unangenehmen Person weiter herumzustreiten. Dann ging sie, um ihre Koffer zu packen.

Als sie ins Wohnzimmer trat, um sich zu verabschieden, war gerade der Hundedresseur mit seinem Assistenten eingetroffen. Peterle sprang freudig erregt auf Nora zu und wälzte sich ergeben vor ihr auf dem Rücken. Der Professor erhob sich.

«Wollen Sie uns wirklich schon verlassen?» Er sah ihr tief in die Augen. Der Dresseur ließ seinen Blick von einem zum anderen wandern, kraulte dabei Peterle im Nacken, öffnete gedankenverloren das kleine Täschchen mit der Hundemarke. Verdutzt betrachtete er sich die Brillantnadel, die er hervorgezogen hatte. Frau Wesp griff hastig danach: «Ich weiß gar nicht . . .»

«Du weißt nie etwas», rief der Professor in scharfem Ton, «du wirst dich bei Frau Lechow entschuldigen!»

«Wenn ich die Herrschaften mal unterbrechen darf», sagte der Dresseur, der wie ein pensionierter Stuntman aussah. «Ich habe es ziemlich eilig. Das Verhalten des Hundes ist eindeutig. Er hat das Leittier gewechselt. Sie, verehrte gnädige Frau Professor, sind in seinen Augen jetzt das sozial unter ihm stehende Wesen, wie es vorher der Herr Professor und diese Dame da waren. Da wird sich kaum was ändern lassen.»

Während Nora sich verabschiedete, hörte sie, wie der Dresseur seinem Assistenten zuflüsterte: «Und der Professor hat anscheinend dasselbe wie der Hund getan.»

Nora hastete durch den matschigen Garten zu dem wartenden Taxi. Bevor sie einstieg, sah sie noch einmal zurück. Das Tauwetter hatte die Rauhreifpracht schmelzen lassen. Das Haus wirkte jetzt von außen ebenso abweisend wie von innen. Im Taxi fiel ihr ein, daß Frau Wesp ihr noch zwanzig Mark schuldete. Sie hatte sie beim Einkauf für sie ausgelegt.

Das Jahr fängt ja gut an, dachte Nora.

15

Die unerfreulichen Erlebnisse mit Frau Wesp lagen Nora schwer im Magen und hatten ihr die Lust genommen, sich nach etwas Neuem umzusehen. Sie legte eine längere Ruhepause ein, bis ihre schnell dahinschmelzenden Ersparnisse sie daran erinnerten, daß es höchste Zeit wurde, sich wieder in Trab zu setzen. So kam ihr das Angebot des Managers eines großen Konzerns, seine kranke Frau als Hausdame zu vertreten, wie gerufen, obwohl sie immer noch wenig Neigung verspürte, ihren Bau wieder zu verlassen.

Sie zeigte Lilo Herrn Molls Brief. «Bei so einem großzügigen Angebot überlegst du noch?» sagte ihre Freundin. «Wer rastet, der rostet.» So kraß wollte das Nora nun auch wieder nicht hören.

«Ich bin ein selbständiges Wesen und kann über mich allein bestimmen», imitierte sie spöttisch Melles affektiertes Stimmchen, die mit diesem aus dem Fernsehen aufgeschnappten Satz ihre Mutter wochenlang angeödet hatte.

«Du fährst!» sagte Lilo, und Nora war gefahren, wenn auch mit gemischten Gefühlen.

So anstrengend hatte sie sich allerdings ihre neue

Rolle als Hausdame nicht vorgestellt und auch selten eine Ehefrau so sehnsüchtig zurückerwartet. Aber daran war nicht zu denken. Frau Moll mußte sich in einem Schwarzwald-Sanatorium von einer verschleppten Lungenentzündung erholen, die sie sich während der Einweihung eines Hochofens in Südamerika geholt hatte. Da Herr Moll als Vorstandsmitglied seiner Firma zu den Ehrengästen gehörte, wurden sie in der ersten Reihe Aug in Aug mit dem vor Hitze spuckenden Monster plaziert. Der Wechsel von diesem saunaähnlichen Sitz zur Klima-Anlage im Hotel war zuviel für Frau Molls Gesundheit gewesen.

Der Mann war durch ihre Abwesenheit in arge Nöte geraten. Das Werk lag in der Nähe einer Kleinstadt, die wenig Abwechslungsmöglichkeiten bot, so daß ihm nichts anderes übrig blieb, als wichtige Geschäftspartner in sein Haus einzuladen. Seine Sekretärin hörte sich um und wurde dabei von den Schaumburgs auf Nora aufmerksam gemacht. «Zuverlässig» und «pflichtbewußt» hatte Frau Schaumburgs Auskunft gelautet.

Zwei- bis dreimal in der Woche brachte Herr Moll Geschäftsbesuch zum Abendessen mit. Glücklicherweise erwies sich die Kochfrau aus der Stadt als eine Perle; ebenso das junge Mädchen, das zum Servieren kam. Nora brauchte nur für einen reibungslosen Ablauf zu sorgen und sich um die weiblichen Gäste zu kümmern, wenn die Herren begannen, von Gewinn und Verlust zu reden. Denn wie Herr Moll ihr erklärt hatte: «In ruhiger, entspannter Atmosphäre läßt sich Geschäftliches leichter andiskutieren.»

Ebenfalls zu ihren Aufgaben gehörte es, mit den Ehefrauen einen Stadtbummel zu machen, und nun trabte sie mit dieser mexikanischen Señora, deren schweres Parfum in der Mittagshitze des Maitages besonders intensiv zur Entfaltung kam, bereits drei Stunden durch die Geschäfte, um ihr beim Einkaufen behilflich zu sein. Auch in dieser teuren Boutique, in der sie schließlich gelandet waren, schien sie immer noch nicht das Richtige zu finden. Sie warf bereits das fünfte Modellkleid achtlos auf das zierliche Sesselchen neben dem Spiegel und schnippte hochmütig mit den Fingern nach der Verkäuferin. Nora lächelte entschuldigend der Geschäftsführerin zu; die lächelte verständnisvoll zurück. «Wir kennen das. Frau Moll kommt regelmäßig mit ihren ausländischen Gästen zu uns.»

Die Ehefrauen waren im Benehmen und Auftreten sehr unterschiedlich. Manche gaben sich kumpelhaft herzlich, manche eher herablassend, andere wieder sahen sich prüfend im Haus um und machten Gesichter, als wollten sie sagen: Keine Alarmanlagen, keine versteckten Kameras, kein Hubschrauberlandeplatz? Na, da kann ja die Position dieses Herrn nicht bedeutend sein, auch wenn er noch so viele Erinnerungsfotos mit ihm die Hände schüttelnder Prominenz im Eßzimmer hängen hat.

Die Kunst des Small-talk war bei Nora nur schwach entwickelt. Als Pflegerin und Sekretärin hatte man andere Fähigkeiten von ihr erwartet. Und so plagte sie bei ihren ersten Auftritten als Vertreterin der Hausfrau Lampenfieber. Doch dann erinnerte sie sich an den Ausspruch ihres Vaters: «Man muß die Leute reden lassen.» Auf diese Weise wurden die Abende tatsächlich gerettet. Nora machte ein interessiertes Gesicht, ganz gleich, ob es sich bei den Gesprächen um Golf, um Taucherlebnisse auf den Malediven oder um die letzte Antiquitätenmesse handelte. Sie nickte zustimmend, als man sich über die ruppige Abfertigung auf dem New Yorker Flughafen beklagte, und betrachtete mit freundlichen Worten Fotos unbekannter Leute und fremder Länder. Aber das Zuhören strengte sie so an, daß sie unter dem Vorwand, nach dem Mokka zu sehen, in die Küche floh und nun ihrerseits die arme Kochfrau mit einem Wortschwall überschüttete.

Zum ersten Mal bekam sie Einblick in das Leben eines Spitzenmanagers. Bis dahin stammten ihre Kenntnisse mehr oder weniger aus deutschen Fernsehkrimis, wo diese Herren, meist alternde Lüstlinge mit teuren Ambitionen, die minderjährigen Freundinnen ihrer Töchter verführten oder in ihren Teakholzbüros sich der eingebauten Bar oder zwielichtigen Transaktionen widmeten.

Herr Moll paßte nicht in dieses Klischee. Er besaß eher etwas von dem überanstrengten Verhalten eines eifrigen Jagdhundes, der bemüht ist, auf Anhieb immer die richtige Fährte zu finden. Auch das Familienleben schien in Ordnung zu sein. Jedenfalls telefonierte er täglich mit seiner Frau und häufig mit den erwachsenen Kindern. Das umgebaute bäuerliche Fachwerkhaus war ohne übertriebenen Luxus und modisches Brimborium eingerichtet. Keine verstaubte Erntekrone in der Diele, kein zu Spiegeln verarbeitetes Pferdekummet oder Butterfässer und Milchkannen als Schirmständer. Das parkähnliche Grundstück war eher ein wenig verwildert und der Rasen mit Herrn Molls Lieblingsblume, dem Gänseblümchen, weiß getupft. Es gab einen liebevoll angelegten, künstlichen kleinen Weiher mit Pflanzen und Wasserläufen, und in den nur mäßig gestutzten Weißdornhecken viele Vogelnester. Herr Moll liebte seine Wildnis. Fünfstern-Hotels und Flüge mit der Concorde beeindruckten ihn weniger als die Entdekkung, daß sein Weiher Gnade vor den Augen eines Gelbrandkäfers gefunden hatte oder sich ein Igel über den Rasen trollte.

An einem Abend, als die Gäste gegangen waren, räumte Nora noch ein wenig auf. Herr Moll pusselte an der Bodenvase herum und meinte: «Ich weiß nicht recht, meine Frau arrangiert das irgendwie anders.»

«Tut mir leid», sagte Nora und blickte schuldbewußt auf die wirklich etwas struppig wirkenden Blumen. Sie wollte schlafen gehen, aber Herr Moll hielt sie zurück.

«Setzen Sie sich doch noch einen Moment. Ich muß Ihnen sagen, Sie machen Ihre Sache wirklich ausgezeichnet.» Er lobte ihr Einfühlungsvermögen, ihr gutes Englisch, ihre unauffällige Art, das Personal zu dirigieren. Seine Schmeicheleien vertrieben ihre Müdigkeit auf angenehmste Art. Dann kam er auf seinen Beruf zu sprechen, und obwohl er mehrmals ausdrücklich versicherte, der liebe Gott habe den Menschen nicht umsonst mit nur einem Mund, aber mit zwei Ohren ausgestattet, geriet er richtig ins Plaudern. Die ständigen Verhandlungen in einer fremden Sprache seien schwierig, man müsse höllisch aufpassen, um alles mitzubekommen, und die nervliche Belastung sei sehr groß. Ein Telefongespräch zur falschen Zeit könne ein Millionenobjekt platzen lassen.

«Aber dafür verdienen Sie schließlich recht ordentlich», sagte Nora und gähnte verstohlen.

«Angemessen», verbesserte Herr Moll und schenkte sich noch einmal Whisky ein. «Ein Mann in meiner Position, der ist wie ein Fußballtrainer, bei dem ist auch alles in Ordnung, solange seine Mannschaft mehr Tore schießt als andere. Aber wehe, das Blatt wendet sich. In unserer Branche ist das eben so. Wenn Sie erst einmal als Versager gelten, gibt Ihnen niemand mehr ein Stück Brot.»

Nora nickte langsam ein. Nur noch Wortfetzen erreichten ihr Ohr: Vertrauen des Kunden wichtigstes Kapital, persönlicher Kontakt, menschliche Komponente, zum Wort stehen, auch wenn man jemand zu früh die Hand geschüttelt habe und das unter Umständen viel Geld koste . . . Nora wurde erst wieder wach, als Herr Moll ihr für die kommende Woche als nächsten Hausgast einen saudischen Prinzen ankündigte.

«Ein Prinz?» fragte sie verstört.

«Ein reizender Bursche», beruhigte sie Herr Moll. «Wir haben ihm gerade eine Fabrik für eine halbe Milliarde hingestellt, und von unseren ‹nützlichen Aufwendungen› hat er sich dann einen Palast gebaut.»

«Schönes Wort für eine Art Bestechung», sagte Nora.

«Aber von der Steuer absetzbar», erklärte Herr Moll. Dann beschrieb er ihr des Prinzen bescheidenes Heim. 900 Quadratmeter Wohnfläche, die Frauengemächer ganz in Pink gehalten und ein Kinderspielzimmer von der Größe einer Turnhalle, in dem auch Spielautomaten wie einarmige Banditen nicht fehlten.

Der Prinz, ein schmales Jüngelchen, zog ein. Auf Herrn Molls ausdrücklichen Wunsch hatte er auf eine Leibwache verzichtet. Als Nora bei der Vorstellung sitzen blieb, runzelte er die Stirn. Aber das sollte nicht ihr einziger Fauxpas bleiben. Sie hatte die Angewohnheit, mit übergeschlagenen Beinen zu sitzen und dabei im Gespräch mit der Hand ein Fußgelenk zu umklammern, was sie auch in seiner Gegenwart tat. Der Prinz sprang erregt auf, murmelte etwas in einem ihr unverständlichen Englisch.

«Sie dürfen nicht die Schuhspitzen auf ihn richten», erklärte Herr Moll leicht nervös, «das ist für Araber eine große Kränkung.»

Aber Seine Hoheit war so gütig, ihr zu verzeihen, denn über Nacht bekam er durch den Klimawechsel einen fürchterlichen Hexenschuß und ließ sich Noras Pflege dankbar gefallen. Beim Abschied überreichte er ihr ein hübsches verschnürtes Päckchen, das Nora erwartungsvoll auspackte. Las man doch oft genug von der Großzügigkeit dieser Ölscheichs, die angeblich Perlen und Diamanten verschenkten wie andere Schokoladentäfelchen. Doch in dieser Hinsicht hatte sich Prinz Ali mehr den Sitten des Gastlandes angepaßt. Zum Vorschein kam lediglich ein Flakon eines gängigen französischen Parfums.

Es folgten hektische Tage im Betrieb, und Herr Moll kam noch später als gewöhnlich nach Hause. Am Wochenende ging Nora ihm deshalb möglichst aus dem Weg und traute sich nicht einmal in den Liegestuhl auf der Terrasse, allzu nachdrücklich hatte er ihr nahegelegt, sich ein wenig Abwechslung durch einen Spaziergang oder einen Kinobesuch zu verschaffen. Sie kannte inzwischen seine Gewohnheiten, wußte, daß er Kerne im ausgepreßten Orangensaft verabscheute, nie die Kuppe des Frühstückseis aß und sofort nach dem Lieblingsmesser in der Schublade suchte, wenn sie vergessen hatte, es ihm hinzulegen. Aber sonst war er erfreulicherweise sehr anspruchslos und schon dankbar für ein paar Spiegeleier, sehr zu Noras Erleichterung. Herr Moll kam im Bademantel zum Frühstück, ließ, während er im Badezimmer war, die Tannhäuser-Ouvertüre durchs Haus dröhnen. Er fütterte Nora bröckchenweise mit privaten Daten, die typisch für seine Generation waren: Krieg, Gefangenschaft und dann die mühseligen Jahre als kleiner Vertreter.

An einem Sonntag vormittag pusselte er an seinem kleinen Weiher herum, und Nora, die ihm gegen elf Uhr etwas zum Trinken herausbrachte, sah ihm einen Augenblick dabei zu. Es war hübsch hier, fast ein wenig verwunschen. Das Grundstück wurde zur Straße von einem Streifen dichter Bäume abgegrenzt, so daß man die Illusion haben konnte, sich in einem undurchdringlichen Versteck zu befinden.

«Schade, daß es hier keine Frösche mehr gibt», bedauerte Herr Moll. Er wischte seine Hände an einem alten Küchenhandtuch ab. «Oder hören Sie einen? Verdammte Industrie! Soviel Kindheitserinnerungen sind für mich mit Fröschen verbunden – Ziegen hüten und Brennesseln schneiden, Entengrütze holen und Stichlinge fangen! Meine Sommerferien habe ich regelmäßig bei einem Freund auf dem Hof seiner Eltern verbracht. Einmal, ich muß damals so acht gewesen sein, sind wir nachts ausgebüxt. Wir sind nur bis zum nächsten Dorf gekommen. Aber es kam uns vor, als seien wir in ein fremdes Land geraten. So anders sahen im Mondlicht die Dorfstraße und die Häuser aus. Während wir durch die nebelfeuchten Wiesen liefen, begleitete uns die ganze Zeit das Gequake der Frösche.» Er blickte vor sich hin. Nora verzog sich unter einem Vorwand.

Aber als sie gerade dabei war, die Geschirrspülmaschine auszuräumen, merkte sie, daß er ihr gefolgt war. Wenn Männer in der Küche auftauchen, wollen sie einen entweder zu etwas überreden oder sie sind trostbedürftig. Anscheinend wirkt die Beschäftigung einer Frau mit Haushaltsgegenständen beruhigend und löst die Zunge, sagte sich Nora.

Spuck's aus, Junge, dachte sie und lächelte ihn an, während sie Teller und Gläser einräumte und er ihr im Wege stand. Er setzte sich an den Küchentisch.

«Mein Freund und ich da auf dem Dorf», begann er ohne Übergang, «hatten das Glück, zur gleichen Einheit zu kommen. Nur war ich ehrgeiziger als er und wurde sehr schnell zum Unteroffizier befördert. Während seines Heimaturlaubes vermißte ich ihn sehr und war glücklich, als er wieder zurückkehrte. Noch am gleichen Tag habe ich ihn dann zu meinem Spähtrupp eingeteilt, nur weil ich mich in seiner Gegenwart sicherer fühlte. ‹Ich habe da ein Mädchen kennengelernt›, flüsterte mein Freund mir zu, als wir uns durch den Wald bewegten. Dann fiel der tödliche Schuß. Kurz darauf bin ich in Gefangenschaft geraten. Ich habe nie erfahren können, ob seine Eltern noch am Leben sind. Heute ist übrigens sein Todestag.»

Herr Moll schien plötzlich zu bereuen, Nora alles erzählt zu haben. Sein Gesicht verschloß sich. Nora fühlte sich unbehaglich. «In der Rückerinnerung sieht vieles anders aus.» Sie bemühte sich, ihm das Gleichgewicht wiederzugeben. «Sie haben doch keine Schuld.»

Er lächelte etwas schief. «Die Vergangenheit ist eine Leimrute, auf der wir ewig klebenbleiben.»

«Ich mache Ihnen jetzt ein schönes Omelett», sagte Nora.

Am Tag darauf – sie versuchte gerade, die Symbole auf der fremden Waschmaschine zu enträtseln –, läutete das Telefon. Die Sekretärin teilte ihr mit, Herr Moll habe einen Herzanfall bekommen und sei ins Krankenhaus gebracht worden. Nora möge bitte so freundlich sein und einiges für ihn zusammenzupacken. Sie wollte gleich vorbeikommen, um es abzuholen.

Die Sekretärin wirkte recht gelassen, aber als sie dann Nora gegenübersaß, war ihr doch der Schreck anzumerken, und sie schüttete Nora ihr Herz aus.

«Kein Wunder bei dieser Arbeitswut», klagte sie, «die ist ja geradezu krankhaft. Statt Prioritäten zu setzen, muß er alles selber machen. Nichts kann er anderen überlassen. Bald wird er noch jede Rolle Klopapier selbst aufhängen. Und bei mir stehen die Leute Schlange, um endlich einen Termin zu bekommen. Aber das ist es nicht allein. Er muß irgendeine unangenehme Nachricht erhalten haben. Vielleicht hat da jemand an seinem Stuhl gesägt. Für die Jungen ist er mit seinen sechzig ja schon ein Fossil. Ich könnte Ihnen Geschichten erzählen!» Sie nahm einen herzhaften Schluck Sherry.

«Ich war früher mal in einer Firma, die ließ ihre in Ungnade gefallenen Angestellten von einer anderen Firma abwerben, aber nur so zum Schein. Dieser Mann wurde dann nach der Probezeit gleich wieder auf die Straße gesetzt. Der alte Betrieb zahlte dieser Firma lediglich die entstandenen Unkosten, die nach einer Kündigung übliche Abfindung hatte man auf diese Weise gespart.»

«Malen Sie nicht den Teufel an die Wand», sagte Nora erschrocken.

Die Sekretärin erhob sich. «Na, ich fahr jetzt besser gleich ins Krankenhaus und ruf Sie dann an, wenn ich zurück bin.»

«Soll ich seine Frau verständigen?» fragte Nora.

«Warten Sie damit lieber, bis ich mit ihm gesprochen habe. Nach Auskunft des Arztes soll es ihm schon wieder besser gehen. Sie können ihn dann ja in den nächsten Tagen besuchen.»

Nora ging durch den Garten und überlegte, was sie ihm mitbringen könnte. Blumen bekam er wahrscheinlich waschkörbeweise. Sie setzte sich auf die Bank am Weiher und beobachtete eine Libelle, die regungslos über dem Wasser stand. Herr Moll hätte seine Freude an ihr gehabt. Dann kam ihr ein Gedanke. Zunächst verwarf sie ihn als ein wenig lächerlich, aber je mehr sie darüber nachdachte, um so mehr erwärmte sie sich dafür. Sie sprach mit der Putzfrau darüber. Die lachte erst. «Nee, nee, so was!» Dann versprach sie aber, ihr möglichstes zu versuchen. «Mein Karli stromert ja jetzt bei dem schönen Wetter sowieso mit seinen Freunden durch die Gegend, dem werd' ich's sagen.»

Es klappte tatsächlich. Nora verstaute ihr kostbares Geschenk vorsichtig in einer Tragetasche und machte sich auf ins Krankenhaus. Es war eine jener modernen Kliniken, in denen man Mühe hat, sich im Labyrinth der Stationen zurechtzufinden.

Herr Moll lag allein. Er freute sich sichtlich, sie zu sehen.

«Schön, daß Sie mich besuchen. Ich weiß, es klingt verrückt, aber ich bin meinem toten Freund begegnet, von dem ich Ihnen erzählt habe.»

«Es ist recht heiß hier.» Nora öffnete das Fenster.

«Bei mir», fuhr Herr Moll fort und stellte sich das Kopfteil höher, «erschien ein Ingenieur zu einem Einstellungsgespräch. Er war meinem gefallenen Freund wie aus dem Gesicht geschnitten. Ich habe mir seine Unterlagen genau angesehen. Er muß von dem Mädchen stammen, das mein Freund damals erwähnte. Ich überlegte mir gerade, ob ich mich mit ihr in Verbindung setzen sollte, da wurde mir schwindlig.»

Inzwischen hatte Nora ihr Geschenk ausgepackt und auf den Nachttisch gestellt.

«Was für eine Überraschung!» rief Herr Moll, dessen blasses Gesicht plötzlich Farbe bekam. «Wie sind Sie denn darauf gekommen?»

«Ich dachte an Ihren Weiher», sagte Nora, «und . . .» Sie wurde von der Assistenzärztin unterbrochen, die ins Zimmer getreten war. Braungebrannt und hübsch stand sie an Herrn Molls Bett.

«Ich denke, wir können Sie in zwei Tagen wieder entlassen, und dann machen Sie mal so richtig Urlaub.» Sie beugte sich über Noras Geschenk – ein Weckglas. «Was für entzückende exotische Fischchen!»

Herr Moll und Nora sahen sich an.

«Das sind doch Kaulquappen», sagten sie wie aus einem Mund.

16

Noras neuer Arbeitgeber war jetzt ein Förster. Er war ihr von Kusine Freda vermittelt worden, die ihr auch gleich ein paar Informationen mit auf den Weg gab. «Er ist noch Junggeselle. Mit seinen Freundinnen hat er wohl viel Pech gehabt. Aber nun hat er sich vor kurzem verlobt. Vorläufig führt ihm eine Frau aus dem Dorf den Haushalt. Du sollst sie während des Urlaubs vertreten. Keine Angst, sein kleiner Bruder und er sind recht anspruchslos. Deine Kochkenntnisse reichen da bestimmt.»

«Na, hoffentlich.» Nora begann wieder einmal, ihren Koffer zu packen. Daß sie so ein unruhiges Leben führen würde, hätte sie sich vor ihrer Pensionierung nicht träumen lassen.

Der Förster klagte zwar gelegentlich über seinen Bruder, doch das hinderte ihn nicht daran, ihn bei jeder Gelegenheit in Schutz zu nehmen. Daher hätte sich Nora die Frage nach dem verschwundenen Kartoffelmesser sparen können. Förster Hoppe wies den Verdacht, Leo könnte das Messer genommen haben, entschieden zurück.

«Das hat bestimmt die gute Frau Steffens verschlampt.» Dabei wußte er sehr wohl, daß der Junge alles, was er an Haushaltsgeräten gebrauchen konnte, in den baufälligen Schuppen hinter dem Obstgarten schleppte. Dort verbrachte er auch die meiste Zeit. Das gleiche erlebte Nora mit Leos dreckigen Unterhosen, dem zerrissenen, ölverschmierten T-Shirt und den ausgefransten Tennisschuhen, die sie hinter der Küchenbank hervorangelte. Der Förster tat, als sei er sehr verwundert. «Wie kommt denn das hierher?» Als ob nachts boshafte Kobolde durchs Haus gehuscht wären, mit nichts anderem im Sinn, als seinem braven Brüderchen einen Schabernack zu spielen.

Die Brüder waren Vollwaisen. Sie hatten ihre Eltern bei einem Verkehrsunfall verloren. Damals war Leo gerade acht gewesen. Ehe Wilfried Hoppe diese Stelle als Revierförster bekam und seinen Bruder zu sich nehmen konnte, mußte er Leo in ein Internat geben. Jetzt besuchte der inzwischen Achtzehnjährige die letzte Klasse einer Realschule in der nahe gelegenen Stadt.

Die Försterei entpuppte sich als eine ziemliche Rumpelkammer. Wilfried Hoppe hatte das Mobiliar von seinem Vorgänger übernommen. Es störte ihn nicht, daß es sehr erneuerungsbedürftig war. Der Gasherd in der Küche war so alt, daß die Flammen häufig ausgingen und man nie wußte, wann Kartoffeln und Gemüse gar sein würden. Die Badewanne fühlte sich wie ein Reibeisen an, und im kleinen

Gastzimmer mußte Leo erst den Efeu zurückschneiden, damit Nora das Fenster öffnen konnte.

Leos Lieblingsplatz, der Schuppen, bot auch den Haustieren Unterschlupf. Eine Pekingente hauste in einem ausgeschlachteten Fernseher, Hühner gebrauchten ein abgewracktes Motorrad als Schlafbaum, und zwischen Schrauben und Zangen kletterte gelegentlich ein Igel. Fürsorglich wurde der Igel von dem Jagdhund zurückgeholt, wenn er wieder einmal der nahe gelegenen Verkehrsstraße zustrebte, die anscheinend eine merkwürdige Anziehungskraft auf ihn ausübte. Das erste Mal war Nora entsetzt zum Förster gelaufen. «Er beißt den Igel tot!» Aber Förster Hoppe hatte sie beruhigt.

«Er tut ihm schon nichts. Im Gegenteil, Sie werden sehen, morgen früh hat der freche Igel die Hundeschüssel blankgeputzt.» Auf seinen geliebten Harras, das hatte Nora längst gemerkt, ließ Wilfried Hoppe sowieso nichts kommen. Dabei war der Hund nach einem Zusammenprall mit einem Auto etwas wirr im Kopf und nur noch bedingt stubenrein, was der Förster entschieden abstritt, obwohl Nora schon des öfteren gesehen hatte, wie er heimlich hastig mit Eimer und Bürste den Läufer im Flur bearbeitete. Harras' bevorzugtes Wild waren Fliegen und Wespen, und sein liebster Spielgefährte die Katze, ein masochistisches Tier, das sich gern von ihm unter lautem Wehklagen herumschleppen ließ, aber wenn er sie nicht beachtete, beleidigt neben ihm herrannte und ihn in den Schwanz biß.

Leo war Nora gegenüber erst sehr reserviert gewesen. Würde sich «die Alte» womöglich erdreisten, an ihm rumzuerziehen? Nora starrte beim Mittagessen mißbilligend auf seine rabenschwarzen Hände, die ungeniert in den Salat griffen und die Serviette in einen schwarzen Lappen verwandelten. Als sie in der Küche den Abwasch zusammenstellte, hörte sie, wie er sich bei dem großen Bruder beklagte: «Was glotzt die Mumie so?»

«Du könntest dir wirklich die Hände vor dem Essen waschen», sagte der Förster. «Unappetitlich, so was!»

«Damit muß sie leben», sagte Leo und knallte beim Hinausgehen herausfordernd die Tür. Doch Nora blieb ihrem Grundprinzip treu und enthielt sich möglichst jeder Kritik. Sie betrat nur wenn es sein mußte den Schuppen, sein Heiligtum, in dem sich die merkwürdigsten Dinge stapelten: Sessel ohne Beine, kaputte Fahrräder, angeschlagene Teller und Radios, aus denen die Eingeweide heraushingen.

«Was machst du nur mit all dem Zeugs?» hatte sie ihn gefragt.

«Irgendein Abnehmer findet sich immer», hatte er geantwortet und einen ausrangierten Zigarettenautomaten dazugestellt. Allmählich gewann er zu ihr ein gewisses Vertrauen und ließ sie sogar in sein Zimmer, das wie die Schaltzentrale eines Raumschiffes wirkte. Seine große Passion waren Science-fiction-Filme. Während sie seine Hemden plättete, erzählte er den Inhalt, von dem sie nichts verstand und im Gedächtnis behielt, außer daß ein sprechender Roboter von der Größe einer Faust darin vorgekommen war. Das hatte sie beeindruckt.

Wenn es um äußere Verletzungen ging, war der Junge hart im Nehmen. Soviel Jod und Heftpflaster konnte man gar nicht im Hause haben, wie benötigt wurde, wenn er von seinem Lieblingssport, dem Crossen, zurückkehrte. Aber nachts hatte er gern seine Tür einen Spalt offen. Natürlich gab er das nicht zu. «Diese verdammte Tür springt immer von allein auf.»

Für des Försters Wald interessierte Leo sich nicht mehr als ein Regenwurm für einen Rasen aus gefärbter Glaswolle. Nur wenn er von seinem großen Bruder etwas wollte, war er angeblich ganz Ohr und brachte ihn dazu, wieder einmal einen Vortrag über das Waldsterben zu halten und wie schädlich Schwefeldioxid für die Bäume sei.

«Klingt ja ätzend.» Er stopfte sich mit einem Seitenblick auf Nora den Aufschnitt in den Mund, ohne ihn vorher erst umständlich auf ein Brot zu legen. «Kann ich das Auto haben?» Der Förster überging die Frage und kam auf die Besucher des Naherholungsgebietes zu sprechen.

«Manche Menschen sind so dumm, daß dumm nicht reicht», schimpfte er. «Im Winter schmeißen sie mir zentnerweise verschimmeltes Brot auf die Futterstellen oder Küchenabfälle, die nicht mal 'ne Ratte anrühren würde. Jetzt trampeln sie mir wieder durch die jungen

Pflanzungen. Und was bekommt man zu hören, wenn man sie zur Rede stellt? Die Natur ist doch für alle da!»

«Aber deinen Wald hast du schwer in Ordnung», sagte Leo. «Der neue Trimm-dich-Pfad, den du angelegt hast, ist einfach Klasse! Kann ich das Auto haben?»

«Meinetwegen, willst du zu einem Freund?» Leo schüttelte den Kopf, «ich hab da so 'ne zarte Taube kennengelernt, wir wollen in die Disco. Da gibt's einen neuen Jockey, nennt sich ‹der Fetzer von der Rille›.»

«Aber um zehn bist du wieder zurück, denk an die Schule!»

«Doch immer!» Leo fing geschickt den Autoschlüssel auf, den ihm sein Bruder zuwarf.

«Und ich», sagte der Förster, «muß wieder an den Schreibtisch, aber gegen Abend machen wir unsere Pirsch. Nicht wahr, Frau Lechow?» Nora nickte begeistert. Das Wild, das der Förster und sie im Auge hatten, war von besonderer Art: Umweltverschmutzer, die sich am Wochenende im Walde tummelten.

Als es dämmrig wurde, machten sie sich auf den Weg. Während sie durch den Wald marschierten und der Förster sorgenvoll seine kränkelnden Fichten begutachtete, hörten sie ganz in der Nähe ein Knacken. Der Förster legte warnend seinen Finger an die Lippen, und sie schlichen vorsichtig darauf zu. Fast so aufregend wie eine Großwildjagd in Afrika, dachte Nora und bemühte sich, nicht auf einen Ast zu treten.

Dann machte der Förster einen Satz. «Halt, stehengeblieben!» Die junge Frau vor ihm verhedderte sich vor

Schreck in dem Brombeerstrauch, unter den sie gerade einen Teppich schieben wollte. Förster Hoppe zog genüßlich das Notizbuch. «Das gibt ein schönes Bußgeld!»

«Wenn Sie wüßten, was meiner Freundin und mir passiert ist . . .» Die junge Frau war den Tränen nahe.

«Mit Ausreden», sagte der Förster, «könnte ich ein fünfhundert Seiten dickes Buch füllen. Darum seid ihr nie verlegen.»

Nora nickte zustimmend. Erst letzte Woche hatten sie einen Mercedesfahrer erwischt, der sich seines kaputten Eisschrankes auf einer Schneise entledigen wollte und dann behauptete, er wäre ihm aus dem Kofferraum gefallen. Aber Förster Hoppe hörte sich dann doch, gutmütig wie er war, die Leidensgeschichte der beiden Frauen an.

Vor ihrer gemeinsamen Urlaubsreise hatte sich die Freundin einen griechischen Hirtenteppich gekauft; dann hatten sie ihren Dackel in Pflege gegeben und waren losgefahren. Gestern nun waren sie aus Frankreich zurückgekehrt. «Auch ganz schön, wieder zu Hause zu sein», hatte die Freundin gemeint und sich zufrieden den neuen Teppich unter ihren Füßen betrachtet. «Was habe ich denn da an meinen Beinen?» Das Rätsel war schnell gelöst. Die Beine waren übersät mit Flöhen. «Unser Dackel muß sie noch eingeschleppt haben, bevor er in die Hundepension kam», erklärte die junge Frau dem Förster. «Wie wir hörten, sollen sich die Biester explosionsartig vermehren, wenn sie nichts zu fressen finden.»

Sie kratzte sich. Nora und Förster Hoppe wichen zurück.

«Meine Freundin ist hysterisch geworden und hat nur noch geschrien: ‹Weg damit! Weg damit!›»

«Hm!» Der Förster betrachtete sich nachdenklich den nagelneuen Teppich. «Ich will mich ausnahmsweise mit zehn Mark begnügen. Haben Sie soviel bei sich?» Das Mädchen nickte erleichtert. «Und diese Flohmatte legen wir hier auf den Sandplatz, und ich lasse sie verbrennen. Aber rausziehen und hinbringen müssen Sie das Ding schon selbst!»

Er gab Leo den Auftrag, gleich morgen den Teppich zu vernichten. «Aber geh vorsichtig mit dem Benzin um, auch wenn nach dem vielen Regen in den letzten Tagen eigentlich nichts passieren kann.» Leo kam mit der Meldung zurück, es tue ihm leid, aber der Teppich sei nicht mehr dagewesen.

«Der neue Besitzer wird seine Freude daran haben», sagte sein Bruder schadenfroh. Leo blickte verwundert. «Wie meinst du das?» Doch Förster Hoppe war mit seinen Gedanken bereits woanders. «Was ich noch sagen wollte, Frau Lechow, am nächsten Wochenende kommt meine Verlobte.»

«Da hat er nämlich Geburtstag», spottete Leo, «auf den legt er großen Wert. Da müssen Sie ihm eine Torte backen und seinen Teller mit Efeu und Blumen bekränzen, *Happy Birthday* singen und . . .»

«Ach, halt die Klappe.» Der Förster sah jetzt selbst wie ein Junge aus, den man bei kindlichen Wünschen ertappt hat. «Räum lieber mal den Flur auf, das sieht ja hier wie auf einem Müllabladeplatz aus!» Er stieß mit dem Fuß gegen ein Gewirr von Schulbüchern, Heften, leeren Coladosen und Gummistiefeln. «Frau Lechow hat auch keine Lust, dauernd hinter dir herzuräumen, schließlich soll es doch Ruth ein bißchen hübsch haben!»

Leo verzog verächtlich den Mund und ging in seinen Schuppen.

Die Verlobte stellte sich als ein nettes, etwas langweiliges Mädchen heraus, das gleich an ihrem Bräutigam besitzergreifend herumzupfte und -strich.

«Neue Hemden könntest du dir auch mal kaufen. Wo ist denn Leo?» Der kam gerade zur Tür herein, tuschelte ihr etwas ins Ohr und begleitete Nora in die Küche, wo sie vor Ruths Ankunft gerade dabei gewesen war, so etwas wie einen Tortenteig herzustellen.

«Sieht gut aus!» Leo fuhr mit dem Finger in den Teig. «Was mein Bruder bloß an der findet. Die ist doch wie 'ne tote Socke. Der kann man ja beim Laufen die Schuhe besohlen. So eine fürs ganze Leben an der Hacke!»

«Aber, aber», sagte Nora und besah sich zweifelnd ihren Teig: War er nicht zu fest? Ihr Gespräch wurde von Ruth, die auch in die Küche gekommen war, unterbrochen. «Kannst du mir das Geschenk für Wilfried jetzt zeigen?» fragte sie Leo. Sie wandte sich an Nora. «Er hat mir nämlich . . .»

«Komm lieber hier raus», drängte Leo nervös, «wir stören Frau Lechow nur, ich hab's im Schuppen.»

Der Geburtstag begann zur großen Zufriedenheit des Geburtstagskindes. Die Waldarbeiter erschienen, um dem Förster zu gratulieren. Blumen wurden abgegeben, und dazwischen klingelte das Telefon. So kamen sie erst ziemlich spät zum Frühstücken. Leo hatte sich angeboten, den Frühstückstisch zu decken und die Geschenke aufzubauen, so daß auch Nora Ruths wundervolles Geschenk, einen weißen langhaarigen Teppich, auf den Leo den Eßtisch gestellt hatte, erst jetzt zu sehen bekam, was allerdings bei ihr eine gewisse unbehagliche Gedankenverbindung auslöste. Dem Förster schien es ähnlich zu gehen, denn er machte ein ganz entgeistertes Gesicht.

«Gefällt er dir?» Ruth schmiegte sich zärtlich an ihn. «Hat Leo mir netterweise für dich besorgt! Er hatte da ein günstiges Angebot, und ich weiß, du wünschst ihn dir schon lange.»

«Und wo hast du ihn her?» fragte der Förster seinen Bruder mit belegter Stimme. Leo strich sich unschuldig ein Marmeladenbrot.

«Er stammt aus einem Brandschaden.»

«So, so», sagte der Förster. Er fuhr sich über die Hosenbeine.

In der Nacht wurde Nora durch ein Geräusch geweckt. Sie tappte zum Fenster und sah hinaus. Auf dem Hof stand der Förster. Er hatte den Teppich über die Wäscheleine gehängt und schien ihn ausgiebig zu besprühen. Beim Frühstück schnupperte Ruth.

«Wie komisch der Teppich riecht, das ist mir gestern gar nicht aufgefallen.»

«Neulich habe ich gelesen», sagte Nora, und sah den Förster vielsagend an, «daß Bienen beim Honigsammeln besonders von jenen Feldern angelockt werden, die ausgiebig mit Insektenvertilgungsmitteln besprüht worden sind. Die Bienen sind direkt süchtig darauf.»

«Interessant», sagte der Förster und rutschte dabei unruhig auf seinem Stuhl herum.

«Der Geruch wird schon herausgehen!» Ruth besah sich zufrieden ihr Geschenk. «Aber hübsch ist dieser Flokati.»

«Wie bitte?» Der Förster sah sie irritiert an.

«So heißen diese Teppiche», erklärte Ruth verwundert. «Was ist los, du kuckst so komisch.»

«Nichts, nichts», versicherte der Förster. Aber irgendwie war die Stimmung für den Tag verdorben, und Nora fand das Mädchen später in Tränen im Wohnzimmer.

«Ich hatte mich so auf das Wochenende gefreut, und nun hocken die beiden Brüder dauernd in dem dreckigen Schuppen zusammen und zanken sich über etwas, das sie mir nicht sagen wollen.» Bedrückt bestieg sie gegen Abend ihr Auto und fuhr wieder ab.

Auch die beiden Brüder waren weggefahren, und aus dem Eßzimmer war der Teppich verschwunden. Vergeblich wartete Nora mit dem Abendbrot auf sie.

Schließlich ging sie zu Bett. Erst nach Mitternacht hielt ein Auto auf dem Hof. Die Brüder schienen sich ein Taxi genommen zu haben, denn das Auto wendete und fuhr zurück auf die Straße. Nora beugte sich aus dem Fenster ihres Schlafzimmers. Lachend kamen sie über den Hof gestolpert.

Wir sind in Stimmung, was kost' die Welt! Dann hörte sie Leo sagen: «Glaub mir, Bruder, Ehrenwort, das mit den Flöhen hab ich wirklich nicht gewußt! Du hast kein Sterbenswörtchen davon gesagt, du hast nur gesagt, ich soll den Teppich verbrennen. Von diesen Viechern war nichts zu merken.»

«Und dem armen Ruthchen hast du auch noch Geld dafür abgenommen?»

«Ruthchen, das Puttchen», lallte Leo und dann mit ängstlichem Unterton: «Was willst du bloß mit der?»

«Putt, putt», sagte der Förster mit schwerer Zunge, «ist sie nichts für uns, keine zarte Taube?»

«Komm rein», sagte Leo, «die Mumie glotzt!» Und dann sangen sie: *Ab geht die Post, und wenn wir weiße Mäuse sehen!*

Die Pekingente schnatterte empört.

17

Noras ursprüngliche Sorge, es würde schwierig sein, immer wieder einen neuen Job zu finden, erwies sich als unbegründet. Förster Hoppe hatte für sie bereits etwas anderes im Auge. Und zwar eine Urlaubsvertretung für die Sekretärin eines Barons, der sich auf seinem Gutshof eine Firma für Sanitär- und Heizungsartikel eingerichtet hatte. Er kannte die Familie von früher. Als Noras Zeit im Forsthaus abgelaufen war, hatte der Baron sie mit dem Auto abgeholt. Er war einen Kopf kleiner als seine Frau und völlig unempfindlich gegen die Widrigkeiten des Alltags, was ihn zu einem angenehmen Chef machte.

«Die Baufirma Kruse bereits mit fünfzigtausend Mark bei uns in der Kreide? Was soll ich mich aufregen? Es kommt, wie es kommt.» Eine Einstellung, die seine Frau zur Verzweiflung trieb. Sie lebte außerdem ständig in der Furcht, die Enkelkinder könnten zu Schaden kommen – könnten ihre Fingerchen in eine der vielen Steckdosen bohren oder die steile Kellertreppe hinunterpurzeln. «Aber eine provisorische Tür ist doch eine Kleinigkeit!» rief sie ärgerlich. «Hast du vergessen, wie Jürgen nach seinem Sturz vier Wochen mit einer Gehirnerschütterung im Bett liegen mußte?»

«Es kommt halt, wie es kommt», sagte der Baron, und Sohn Jürgen, der ihm sehr ähnlich war, pflichtete ihm bei, obwohl es sich um sein eigenes Kind handelte.

Vieh gab es auf dem Gut schon lange nicht mehr. Land und Weiden hatte man verpachtet, und eine Koppel war lukrativ in einen Campingplatz umgewandelt worden. Der Baron lobte Noras fehlerfrei getippte Briefe – das sei er von seinen jungen Mädchen gar nicht mehr gewohnt –, auch daß sie es so gut verstand, mit den Kunden umzugehen, denen sie ohne Murren noch nach Feierabend das Lager aufschloß, um geduldig eine Schraube für sie herauszusuchen. Dagegen hatte sie Schwierigkeiten mit dem Computer, dem sie sich nicht gewachsen fühlte. Er war ihr eher unheimlich, weil er plötzlich endlose leere Papierstreifen ausspuckte.

Zuerst war Nora ganz entzückt von dem Haus gewesen. Kindheitserinnerungen an unbeschwerte Sommerferien mit Vettern und Kusinen wurden wieder wach. Sie betrachtete sich wehmütig die schönen alten Dinge, die in den Räumen des Hauses herumstanden und mit denen recht sorglos umgegangen wurde. Aber dann stellte sie fest, daß so viele angehäufte Schätze der Vorfahren auch ihre Schattenseiten hatten. Die reichziselierten Waffen an den Wänden, die Truhen und Schränke mit Schnitzereien auf den Fluren, die achtlos zu Stapeln aufgehäuften Urkunden, Fotoalben und bibliophilen Kostbarkeiten waren rechte Staubfänger; die

Spinnen liebten es, dort ihre großen Netze zu weben. Und all die wertvollen Vasen warteten vergeblich darauf, mit Blumen gefüllt zu werden.

«Nun ist es aber wirklich genug!» Die Baronin klatschte den Abwaschlappen ins Becken. «Wieviel Zeit soll ich denn noch in der Küche verbringen? Ihr wißt doch, daß der Geschirrspüler kaputt ist!»

Fast hätte der Baron vor Schreck eins der unersetzlichen Wappengläser fallen gelassen, die er gerade auf dem Küchentisch abstellen wollte: «Aber, Häschen, wir können doch unmöglich für den Wein die Biergläser nehmen!»

«Dann wascht sie euch gefälligst selbst ab!» Die knarrende Küchentür verhinderte einen lautlosen Rückzug des Ehemannes.

«Wenigstens die hättest du mir endlich mal schmieren können», fauchte sein einsachtzig großes Häschen, das eine merkwürdige Vorliebe für winzige Schürzchen hatte. Sie drehte sich zu Nora um. «Keine Hilfe im Haus, außer zweimal in der Woche eine Putzfrau, aber Allüren, als stünde hinter jedem Stuhl ein Diener!» Nora hängte das Geschirrhandtuch auf. Sie war die einzige, die der Baronin hin und wieder half. Noch nie hatte sie in den letzten Jahren eine Hausfrau derart schuften sehen. Sie war der Ansicht gewesen, so etwas gehöre der Vergangenheit an.

Das geräumige Gutshaus schien eine magnetische Anziehungskraft nicht nur auf die erwachsenen Kinder des Ehepaares, sondern auch auf Freunde und Verwandtschaft auszuüben. Verständlich bei der landschaftlichen Lage. Der Park endete unmittelbar an einem See, und einen Kilometer entfernt lag das Meer. Ohne sich vorher anzumelden, standen immer wieder Gäste plötzlich fröhlich hupend mit dem Auto vor der Tür. «Wir kommen gerade vorbei und wollten nur kurz mal reinschauen.» Was bedeutete, daß sie mindestens drei Tage blieben. Täglich mußten Betten bezogen und abgezogen und Berge von Wäsche aufgehängt und gebügelt werden. An einem Nachmittag zählte Nora allein vierzehn Oberhemden. Spül- und Waschmaschine liefen von früh bis spät. Es war jedesmal eine Katastrophe, wenn wieder eins der veralteten Geräte ausfiel.

Die Kaffeemaschine dampfte den ganzen Tag vor sich hin, bis auch das letzte Aroma verflogen war. Anscheinend waren alle Gäste der Meinung, die Hausfrau hätte eine Art Leasing-Vertrag mit den Heinzelmännchen, die für sie die Hausarbeit nachts erledigen würden. Vor zehn Uhr war kaum jemand am Frühstückstisch zu finden, an dem man dann plaudernd bis gegen Mittag saß, während die Hausfrau rotierte. Nur beim Rasenmähen zeigte man hin und wieder ein schwaches Entgegenkommen. Aber der Rasenmäher war im Gegensatz zur Waschmaschine auch das neueste Modell, das es auf dem Markt gab. Nora war heilfroh, daß sie mit Haus und Garten nichts zu tun hatte.

Die Männer dieser Familie gaben sich gern als große

Jäger, auch wenn die Beute nur aus ein paar mageren Kaninchen oder Wildtauben bestand; sie gebärdeten sich, als hätten sie eine Wolfsjagd hinter sich, trampelten mit den dreckigen Gummistiefeln über die Spannteppiche und warfen die toten Tiere prahlerisch auf den Küchentisch.

«Mein Gott, das Blut versaut uns ja die Tischdecke», hatte sich Nora entsetzt. Aber da war sie bei Jürgen, dem ältesten Sohn, schlecht angekommen. «Wild blutet nicht, es schweißt, verehrte Frau Lechow!»

Danach saßen die Männer noch bis weit nach Mitternacht am Kamin zusammen, denn nach einem ausgiebigen Mittagsschläfchen waren sie frisch und ausgeruht, während Nora und die Baronin herzhaft gähnend längst schlafen gegangen waren, nicht ohne vorher alle Zimmer nach leeren Weingläsern, Spielzeug, abgegessenen Tellern und Kompottschälchen abzusuchen und tropfende Wasserhähne zu schließen. Gegen zwei Uhr verfiel das Haus endlich in Schlaf, und es wurde erst wieder unruhig, wenn die Babys zu greinen anfingen und der lautstarke Disput zwischen den Eheleuten, wer dem Kind die Flasche fertig machen sollte, in Noras Träume drang.

Wenn dann die Baronin das Frühstück bereiten wollte, hatte sich die saubere Küche längst wieder in ein Chaos verwandelt. Der Herd sah einen aus glühenden Herdplatten drohend an, und im Eisschrank tropfte es, weil das Gefrierfach nicht ordentlich zugedrückt worden war. Gelegentlich kam die Baronin auf ein Schwätzchen zu Nora ins Büro und erzählte, wie es früher auf dem Gut ausgesehen hatte, als sie jung verheiratet war: Das Haus bis unter das Dach voller Flüchtlinge und nur ein Klo. Und natürlich keine Heizung. I bewahre, Kachel- und eiserne Öfen und täglich für über dreißig Personen das Essen auf einem baufälligen Herd zubereiten!

Unter den Flüchtlingen war eine uralte Gräfin gewesen, die hatte bis zur Flucht noch nie im Leben ihr Haar selbst frisiert. Sie war mit den Enkelkindern ganz allein angekommen, und wenn sie vor den Kleinen einmal ihre Ruhe haben wollte, ließ sie sie mit ihrem Schmuck spielen. Da waren dann die kostbaren Edelsteine über den Fußboden gerollt. Wirklich eine fabelhafte alte Dame, aber so taub, daß sie ihre eigenen Selbstgespräche nicht mehr hörte.

Die Baronin kicherte: «Eines Morgens kam mein Mann die Treppe herunter. Die alte Gräfin lächelte ihn an und sagte: ‹Guten Morgen, mein Lieber›, drehte sich um und murmelte laut: ‹Greulicher Flaps.›»

Aber, mein Gott, was hatte sie schon als junges Ding zupacken müssen! Die ganze Wäsche ohne Waschmaschine und das Obstpflücken im Sommer. Trotz der geschilderten Mißlichkeit der damaligen Zeit verklärte sich das Gesicht der Erzählerin. Damals, das war die Jugend, das war die Verliebtheit, das war das Glück, ob nun mit oder ohne zerschundene Hände oder Frostbeulen. Vier Kinder hatte das Ehepaar in die Welt gesetzt. Zwei der Jungen und das Mädchen waren bereits verheiratet. Nur der Jüngste war noch ledig.

«Liebenswert, aber ein Bruder Leichtfuß, und nun hat er schon wieder eine neue Freundin mitgebracht!» Die Baronin seufzte und sah auf die Uhr. «Ich wollte Sie eigentlich zum Essen holen. Die Kartoffeln müssen längst gar sein.» Sie gingen über den Hof und stiegen die Terrasse empor, auf der die Kinder und die Gäste saßen und sich unterhielten. Dazwischen wuselte der zweijährige Enkelsohn, den die Ärzte im Krankenhaus «Smokey» getauft hatten. Er stopfte sich jede Zigarette, die er fand, in den Mund und war schon zum zweiten Mal mit einer Nikotinvergiftung auf die Kinderstation des Kreiskrankenhauses eingeliefert worden.

Nora und die Baronin stiegen vorsichtig über Windeln, Babyflaschen, Sauger und Kinderspielzeug hinweg und setzten sich eine Weile dazu. Es war ein herrlicher Sommertag, und Nora atmete voller Behagen den Duft der blühenden Linden ein.

«Wäre schön, wenn mal jemand den Tisch decken würde», sagte die Baronin in neutral gehaltenem Ton. Die Bitte ging unter in einer heftig aufflackernden Diskussion über das Für und Wider der Schwangerschaftsgymnastik. Tante Tilly, die sprunghafte, rief plötzlich dazwischen: «Hoffentlich sind die Koteletts heute mittag nicht wieder so zäh und trocken.» Und überhaupt, die Zukunft gehöre wieder dem marmorierten Schwein, das so viel schmackhafter sei. Man sah sie irritiert an, und während des kurzen Schweigens wiederholte die Baronin ihre Bitte. Aber da erntete sie nur mißbilligende Blicke, und der jüngste Sohn sagte:

«Mutter, was bist du heute wieder stressig! Jeder holt sich seinen Teller selbst, und wir essen draußen.» Nur seine Freundin, ein mageres kleines Ding mit leichtem Basedowblick und Pumphosen stand auf und folgte Nora und der Baronin in die Küche. Allerdings weniger, um ihnen zu helfen, als um die Baronin aufzuhetzen. Sie sagte, die Baronin sei ja schließlich nicht der Familienkuli. Sie zeige aber noch die typischen Verhaltensmuster der älteren Frauengeneration. Sie sollte mal an sich selbst denken und sich nicht für andere aufopfern.

«Sehr richtig!» sagte Nora und drückte der Emanzipierten die Petersilienmühle in die Hand. Das Mädchen verstreute ein paar durchgedrehte Petersilienblätter über die Kartoffeln und das Gemüse und verschwand aus der Küche, ehe sie das Thema vertiefen konnten. Die Baronin sah ihr nach und leckte nachdenklich den Puddinglöffel ab.

«Wahrscheinlich geht die Freundschaft auseinander. Deshalb schlägt sie sich so auf meine Seite.»

«Aber sie hat recht», sagte Nora.

Irgendwie mußte die Rede des Mädchens auf fruchtbaren Boden gefallen sein. Denn eines Morgens war die Baronin verschwunden und hatte nur einen Zettel an ihren Mann hinterlassen. Sie brauche mal eine Woche, um sich auszuspannen, und nun müßten sie solange selbst für sich sorgen. Der Baron war fassungslos. Dabei vermutete Nora, daß er es gewesen war, der die Sache wider Willen ins Rollen gebracht hatte. Er war am

Sonntag nachmittag mit dreißig Pfund Himbeeren angerückt, gerade in dem Moment, als seine Frau eine Freundin in der Stadt besuchen wollte.

«Was soll ich denn jetzt damit?» hatte die Baronin gekrischen. «Glaubst du, ich stell mich hin und weck sie ein?»

«Ach, Häschen», sagte der Baron unbeschwert, «mach doch Saft, der schmeckt so gut, und das ist doch überhaupt keine Arbeit!»

«Und wer holt die Flaschen aus dem Keller, wäscht sie, füllt sie, bindet sie zu, beschriftet sie, wer sortiert die Himbeeren und kocht sie? Ich jedenfalls nicht!»

Voller Schadenfreude teilte Nora der Putzfrau die Neuigkeit mit, daß die Hausfrau verreist sei. Doch diese sah sie eher mitleidig an und sagte: «Man wird sehen, wie sich die Sache entwickelt.»

«Ich muß jetzt ins Büro», sagte Nora, als einer der Gäste sie um heiße Milch bat. Sollten die drüben doch allein sehen, wie sie fertig wurden.

Sie selbst brauchte sich nicht überanzustrengen, denn die Geschäfte gingen nicht sehr gut. Der Baron äußerte es bedauernd und schlich dann leise pfeifend um sie herum.

«Sie sehen ja selbst, liebe Frau Lechow, im Grunde genommen sind Sie hier überflüssig. Für mich kommt diese große Flaute unerwartet. Sonst hätte ich Sie gar nicht erst eingestellt. Aber wissen Sie was? Meine Frau ist doch für eine Woche verreist, und da dachte ich mir . . . da wollte ich Sie fragen . . . da haben wir uns überlegt . . .»

Nora wurde blaß. Sie ahnte, was auf sie zukam.

«Nein, nein», rief sie, und ihr Blick fiel durchs Fenster. Sie sah die Kinder und Gäste auf das Büro zumarschieren, allen weit voran dieses magere Ding in seinen Pumphosen.

«Sie wollen mir helfen, Sie zu überreden», sagte der Hausherr.

18

Es wurde Mitte September, ehe Nora wieder nach Hause zurückkehrte. Die Baronin war länger als angekündigt fortgeblieben, und die verwaiste Familie hatte Nora immer wieder beschwatzt, noch eine weitere Woche auszuharren. Man war sehr bemüht, zeigte sich von der angenehmsten Seite, fragte nach ihrem Leben, wofür sich bis dahin kaum jemand interessiert hatte, und gab ihr das Gefühl, unentbehrlich zu sein. Ihre einfachen Mahlzeiten wurden enthusiastisch gelobt und sogar hin und wieder der Staubsauger für sie betätigt. Nur über das dürre Pumphosenmädchen ärgerte sich Nora. Es drückte sich vor jeder Arbeit und hielt es nicht einmal für nötig, ihr Frühstücksgeschirr in die Abwaschmaschine zu stellen. An den ketzerischen Ausspruch vom Familienkuli, mit dem sie die Baronin aufgehetzt hatte, wußte sie sich nicht mehr zu erinnern. Das mußte Nora irgendwie verwechselt haben. Die Annahme der Baronin, das Interesse ihres Jüngsten an diesem Geschöpf sei erloschen, erwies sich als falsch. Die beiden klebten mehr denn je zusammen und brachten es nur unter entsagungsvollen Seufzern fertig, mit der Küsserei bis nach den Mahlzeiten zu warten.

Dann war die Baronin ebenso unvermittelt, wie sie das Haus verlassen hatte, wieder zurückgekehrt. Als Nora eines Nachmittags in die Eingangshalle kam, saß sie auf einer der Truhen und erzählte, umringt von Kindern, Mann und Hunden, ihre Erlebnisse. Von Nora nahmen sie alle nur noch höflich Notiz. Im Grunde waren Familien, trotz vieler Streitereien sich selbst genug, und wenn der Sturm sich gelegt hatte, wurden Außenstehende eher als störend empfunden. Sogar von den Haustieren.

Nora fröstelte, sie fühlte sich erschöpft und fiebrig. Wahrscheinlich hatte sie sich in der letzten Zeit zuviel zugemutet. Wie sollte es weitergehen, wenn sie eines Tages nicht mehr die Kraft besaß, dieses Nomadenleben weiterzuführen? Plötzlich von Ängsten geplagt, versuchte sie Lilo anzurufen, aber niemand meldete sich. Wo steckte sie nur? Nora begann sich Sorgen zu machen. Ihre Freundin hatte lange nichts von sich hören lassen, was für die fleißige Briefschreiberin ungewöhnlich war.

In der Nacht bekam Nora starkes Herzklopfen und fühlte sich am nächsten Tag so abgeschlagen, daß sie zum Arzt ging. «Sie müssen sich einen Virus geholt haben», sagte der Arzt, nachdem er sie untersucht hatte. «Waren Sie vielleicht in Marokko? Da fahren die Senioren unter meinen Patienten jetzt gern hin und kommen gelegentlich mit solchen Symptomen zurück.» Er gab ihr ein Rezept. «Sie sollten sich eine Zeitlang schonen.

Ihr Herzmuskel könnte sonst leiden.» Er schob sie zur Tür hinaus. «Der nächste, bitte!»

Ganz gegen ihre Gewohnheit nahm Nora für den Rückweg ein Taxi. Zu Hause fand sie zwei Briefe vor. Der eine war von Wiltrud. Sie öffnete ihn zuerst. Wiltrud hatte endlich in ihrem Leben Glück gehabt. Sie, die mit ihren Eltern nach 45 die damalige Ostzone verlassen mußte, hatte in der DDR ein Mietshaus geerbt und dafür Lastenausgleich bekommen. Der andere Brief war von der Wohnungsgesellschaft. Er kündigte eine weitere Mieterhöhung an: «Auf die für Sie vielleicht bestehende Möglichkeit, das gesetzliche Wohngeld in Anspruch zu nehmen, möchten wir Sie bei dieser Gelegenheit hinweisen. Die Wohngeldstelle wird Sie gern beraten», stand am Schluß des Schreibens. Richtig, das Wohngeld, daran hatte sie überhaupt nicht mehr gedacht. Das stand ihr wohl immer noch zu. Eine Zeitlang hatte der Staat ja förmlich die Werbetrommel für seine sozialen Gesetze gerührt. Aber heute sah es damit etwas anders aus.

Soll ich oder soll ich nicht, oder laß ich's lieber sein? Mit dieser Melodie im Kopf ging Nora ein paar Tage später, als sie sich besser fühlte, zum Bezirksamt. Doch schon im engen Paternoster überfiel sie wieder die gleiche Beklemmung wie vor anderthalb Jahren. Merkwürdig, wie tief diese Scheu vor Amtsstuben und Obrigkeit ihr noch in den Knochen steckte! Dabei war der Umgangston mit den Bürgern viel freundlicher und zuvorkommender als früher. Damals hatten es die

Beamten oft nicht einmal für nötig gehalten, einen auch nur anzusehen, während sie Auskunft gaben.

Die Schlange auf dem Flur des Sozialamtes, an dessen Ende die Abteilung für das Wohngeld lag, war erschrekkend gewachsen. Noras Blick fiel auf einen jungen Mann. Er kam ihr bekannt vor. Es war der auskunftsfreudige Sozialpädagoge, der sie bei ihrem ersten Besuch so ausführlich über ihre Rechte belehrt hatte. Jetzt redete er halblaut auf eine junge Frau ein, die Nora den Rücken zukehrte. Als sie sich umdrehte – Nora war ganz fassungslos –, entpuppte sie sich als ihre frühere Redakteurin.

«Sie hier?»

«Da staunen Sie, was!» Die Redakteurin machte einen recht niedergeschlagenen Eindruck.

Wie sich herausstellte, hatte ihrem Karl-Heinz der «familiale Bereich» für die Selbstverwirklichung nicht mehr gereicht. Er war ausgezogen und hatte sein Studium wieder aufgenommen.

«Mit zwei Kindern läßt sich schwer etwas Neues finden. Ich bin jetzt arbeitslos. Mir bleibt nur noch das Sozialamt.»

«Sie Arme», sagte Nora. Zu ihrem Erstaunen erblickte sie gleich noch einen Bekannten: den Stadtstreicher, dem sie vor dem Klassentreffen in der Innenstadt etwas Geld geschenkt hatte. Mir geht's fast wie Mutter früher, dachte Nora belustigt, wenn die einmal im Jahr nach Berlin fuhr, traf sie auf dem Kurfürstendamm das halbe Dorf. Der Stadtstreicher war diesmal gut rasiert und trug, wohl um bei den Beamten einen besseren Eindruck zu machen, ein sauberes Hemd. Auch er schien sich zu erinnern. Jedenfalls lächelte er sie zutraulich an: «Willste Kohle, geh zur Wohle!»

«Hilf dir selbst, dann hilft dir Gott», hörte sie sich zu dem «Berber» sagen.

Der grinste: «Auch ein schöner Spruch!» Er beklopfte liebevoll seine rechte Jackentasche, in der sich etwas Flaches abzeichnete.

«Auch auf dem Weg zu den Meistern über Schutt und Asche?» fragte er und zwinkerte ihr zu.

Schutt und Asche. So hatte sie sich vor langer Zeit auch mal gefühlt, als sie für ihren Vater Unterstützung beantragen mußte. Der Fragebogen war von penetranter Ausführlichkeit gewesen: *Sind Sie asozial, wenn ja, warum*, hatte in einer Rubrik gestanden. Auch die Fürsorgerin aus jenen Jahren fiel ihr wieder ein. An und für sich eine patente Person. Aber das dringend benötigte Bettlaken für ihren Vater hatte sie ihr überreicht, als sei es aus bestem Schweizer Batist und nicht aus kratzigem Nessel.

Der lange, dunkle Flur, die abgestandene Luft, die verdrossen vor den Türen des Sozialamtes wartenden Menschen hatten Nora wie vor anderthalb Jahren, als sie schon einmal hiergewesen war, aus dem Gleichgewicht gebracht. Es kam ihrer Gemütsverfassung entgegen, daß die Abteilung für das Wohngeld, wie sie erst jetzt feststellte, heute keine Sprechstunde hatte.

Erleichtert trat sie wieder auf die Straße hinaus. Vor

dem Bezirksamt verteilte ein Mädchen Flugblätter. Nora las: *Wenn man uns übers Ohr hauen, uns austricksen will, uns Leistungen verweigert, kürzt, Anträge ablehnt, was können wir dagegen tun?*

Nora knüllte das Flugblatt zusammen und warf es in den Papierkorb. Sie betrachtete belustigt das unschuldige, von seiner Wichtigkeit durchdrungene Gesicht der Kleinen. Was wußten diese Kinder schon vom Elend? Sie kamen sich bereits bettelarm vor, wenn sie nicht mehr in ein Lokal gehen konnten, und sahen eigentlich nicht danach aus, als würden sie den vielzitierten «Generationsvertrag» bei den Renten einhalten.

Nora fühlte auf einmal die Unbekümmertheit ihrer Mädchenjahre in sich aufsteigen. Selbst mitten im Krieg hatte sie sich über die Zukunft weniger den Kopf zerbrochen als jetzt. Warum ließ sie sich überhaupt von dem allgemeinen Gejammer und den düsteren Zukunftsprognosen anstecken? Das war ihr doch früher ganz fremd gewesen. Es zählte immer nur die Gegenwart, und die sah auch jetzt gar nicht so trübe für sie aus. Der Schock über die niedrige Rente war groß gewesen. Aber hatte sie dadurch nicht noch einmal den Absprung in ein neues Leben gefunden? Zugegeben, leicht war es ihr nicht gefallen, aber sie war mehr unter die Leute gekommen als in den ziemlich eintönigen Berufsjahren als Sekretärin, in denen man tagein, tagaus mit den gleichen Kollegen und Kolleginnen zusammenhocken mußte und sich die Gespräche ausschließlich um Kleider, Urlaub, den Partner und das miese Kantinenessen gedreht hatten.

Sie bestieg den Bus und überließ großzügig ihren Sitzplatz einer aufgeregten Frau, die ungeschickt ihre vielen Einkaufstüten zu bändigen versuchte.

Als sie die Wohnungstür aufschloß, hörte sie das Telefon läuten. Lilo war am Apparat.

«Da bist du ja endlich!» rief Nora. «Ich hab mir schon Sorgen gemacht.»

«Ach», die Stimme der Freundin klang ganz gebrochen, «wenn du wüßtest!»

«Was ist denn, um Himmels willen, passiert?»

Aber Lilo hatte bereits aufgehängt. Eine halbe Stunde später stand sie vor der Tür. Gleich darauf saßen sich die beiden Freundinnen in Noras Wohnung gegenüber. Lilo wirkte verstört und niedergeschlagen und sah trotz des Liftings um Jahre gealtert aus.

«Nun rede schon», drängte Nora. «Ist was mit Melle?»

«Ich bin pleite», sagte Lilo dumpf.

«Nein», rief Nora, «nicht möglich!»

«Aber es ist so.» Lilo begann von dem Sanatorium zu erzählen, wo sie zur Schlankheitskur gewesen war.

«Fast nur Witwen wie ich, eine spinniger als die andere, schrecklich!» Aber dann hatte man ihr diesen netten Menschen, diesen Anlageberater, an den Tisch gesetzt. «Mit dem konnte man wenigstens reden und seinen Spaß haben», sagte Lilo. «Gott, was haben wir uns über diese Weiber mokiert, wenn sie schmuckbehangen in den Speisesaal rauschten.»

«Du hattest deinen natürlich zu Haus gelassen, um nicht aufzufallen», zog Nora sie auf.

Lilo ging nicht darauf ein. «Ich glaube, er hatte eine Schwäche für mich. Jedenfalls hat er sich ganz reizend um mich gekümmert.»

«Aha!» sagte Nora.

«Was heißt aha, so was bildet man sich schließlich nicht ein. Der Ärger kam erst hinterher, als ich wieder zurück war. Da habe ich ihn angerufen und mir Tips von ihm geben lassen. Er hat mir dann vorgerechnet, daß mir die mündelsicheren Papiere, die ich von Fritz geerbt habe, viel zuwenig Zinsen brächten, und mir zu einem Immobiliengeschäft im Ausland geraten, mit einer sagenhaften Rendite. Aber die Firma hat Konkurs gemacht, und nun ist alles weg. Weg! Weg!» Lilo wurde melodramatisch.

«Wie konntest du nur auf so einen Kerl hereinfallen!» rief Nora. «Du bist doch sonst nicht so leichtgläubig.»

«Jetzt kann ich mich selbst nicht mehr verstehen», sagte Lilo trübe. «Er machte einen wirklich seriösen Eindruck, und alles, was er sagte, klang sehr plausibel.»

«Hast du es schon den Jungen erzählt?»

«Nein», Lilos Stimme klang trotzig. «Mit meinem Geld kann ich schließlich machen, was ich will.»

Nora dachte nach: «Schade, daß dir das Haus nicht allein gehört», sagte sie. «Aber wenn du auch mal ausnahmsweise einen Rat von mir annehmen willst: Wie wär's, wenn du das obere Stockwerk vermietest? Es muß ja nicht gerade wieder ein Anlageberater sein.»

Lilo machte einen schwachen Versuch zu lachen.

«Außerdem», fuhr Nora fort, «so, wie ich meine Lilo kenne, wirst du sicher irgendwo eine winzige Aktie oder ein paar kleine Goldbarren im Safe haben. Du hast doch, weiß Gott, schon Schlimmeres durchgestanden. Und wenn du überhaupt nichts mehr im Sparschwein hast, tun wir uns eben zusammen. Kochfrauen, zum Beispiel, werden sehr gesucht, und kochen kannst du doch prima. Du kochst, und ich serviere, immer von links und die Hand auf dem Rücken.»

«Ich seh mich schon richtig in einer gestärkten weißen Schürze», sagte Lilo, schon wieder etwas fröhlicher. «Propagandistin wäre auch nicht schlecht. Vielleicht sollte ich Schals oder so was verkaufen: *Ihr Tuch rutscht immer, Schicki rutscht nimmer!*»

«Sehr richtig. In unserem Alter tut man gut daran, in Schwung zu bleiben», sagte Nora etwas belehrend. «Diese Erfahrung habe ich in der letzten Zeit gemacht. Das Herumzigeunern hat mir mehr gefallen, als ich gedacht hätte. So schnell gebe ich das nicht auf. Weißt du noch, unser altes Milchpferd zu Hause auf dem Gut? Das legte sich im Stall erst gar nicht mehr hin, aus lauter Angst, sonst womöglich nicht mehr auf die Beine zu kommen. Und dann ist mir der

Gaul vor dem Einspänner noch regelrecht durchgegangen!»

Lilo lachte schon wieder. «Du hast vielleicht Vergleiche. Nun hol uns aber mal was zu trinken.»

Nora ging in die Küche. Durch das offene Fenster hörte sie in der großen Buche vor dem Hochhaus die Kinder lärmen. Eine kleine schwarze Wolke kroch über den Himmel und wurde von der Mittagssonne verschluckt. Auf dem Flur pfiff der Briefträger seine Erkennungsmelodie.